新潮文庫

人生万歳

永六輔
瀬戸内寂聴
著

新潮社版

7331

目次

はじめに……永　六輔
Ⅰ　天台寺（岩手県浄法寺町）……11
今東光先生の恩　14
人間としての魅力　22
辛い時代を生きる　28
永忠順と源氏物語　31
永六輔のダンディズム　37
逃げても逃げても切れない糸　44
宗教界にいま問われていること　46
命の教育を　52
一人を慎む　55
一夜明けて……　61

天台寺晋山十年、檀家のことなど　66
長慶天皇と天台寺　76
間奏──父　永忠順……92

Ⅱ　寂　庵（京都嵯峨野）……97

「源氏物語」vs「平家物語」　99
若さの秘訣　105
三波春夫さんの魅力　114
住井すゑさんとの因縁　121
嵯峨野径音頭　126
五百一人目の乗客　131
おかしな人たち　139

フランス語訳瀬戸内源氏のこと 144
宗教とは 148
日本人のルーズな宗教意識 152
生涯現役、休みなく 156
活字の世界、電波の世界 162
目利きの才 165
往生際の話 170
死に対してどう備えるか 175
あとがき……………………瀬戸内寂聴

人生万歳

はじめに

寺に生まれ、寺に育ったのに、僧籍に入らなかった者として、瀬戸内寂聴尼《に》の存在は、仏教にとって貴重な存在である。

客観的に仏教を見つめていて、それから仏門に入る。そこで客観が主観になる。政治家の場合でも、自分の立場を客観視出来ない人達が多いのは、圧倒的に二世議員だからである。（近頃は三世の議員もいる。）

国民の立場に立てない連中が政治家になるのと同じように、大衆、市民の立場に立てない宗教家が多いのが現状だ。

普通の人の、普通の意見が届かないと、世の中は普通の人のものにならない。宗教家としての寂聴尼は、まさに普通の言葉で語れる数少ない人なのである。仏典に支えられた「源氏物語」を、普通の言葉で語ることがいかに重要かを示して下さった意味も、そこにある。

瀬戸内晴美さんが、瀬戸内寂聴尼になった時から、僕はその胸を借りたかった。
仏教を語らなくても、雑談でいいからゆっくりとお話をしたかった。
その想《おも》いが、この一冊にある。
「人生万歳」が「人生漫才」になっていたらと願いつつ。

永　六　輔

Ⅰ　天台寺（岩手県浄法寺町）

一九九七年春。

瀬戸内寂聴さんの『源氏物語』第一巻が刊行（講談社刊、九八年四月全十巻完結）。

その時に、僕のラジオ番組にゲストとして出演して下さった。

「源氏って面白いでしょう。

だって強姦《ごうかん》、輪姦、不義密通、不倫、セクハラなんでもあり、みさかいもなくやってばっかりいるんですもの」。

いきなり、公共放送で、そうおっしゃったのである。

その放送の中で、岩手の天台寺にいらっしゃいと誘われ、聞いていた岩波書店。

「だったらその旅での会話を一冊の本にしませんか」。

瀬戸内さんは沢山の対談を経験なさって、それも出版されているが、道中の移動をそのままという形は無い。

対談の多くが、ホテルや会議室または寂庵《じゃくあん》の一室でという形なので、出来るだけ旅先の楽しさも伝わるようにと留意して活字にすることにした。

まず、待ち合わせたのが、天台寺のある浄法寺《じょうぼうじ》町に近い、新安比《しんあっぴ》温泉。僕は秋田の二《ふた》ッ井《い》から角館《かくのだて》経由、瀬戸内さんは一歩先に京都から。

僕が到着した時、瀬戸内さんはすでに入浴中だった。

待つことしばし……。

今東光先生の恩

永　湯上がりときましたか。
瀬戸内　そう、洗い髪じゃないけど（笑）。
永　……艶《つや》っぽい。
瀬戸内　ありがとう。
永　墨染の衣と、白い肌と……。
瀬戸内　何を考えているの？（笑）

永　（うろたえて）だって湯上がりの尼僧《にそう》と向かいあっているんですよ。源氏物語の世界じゃないですか。

瀬戸内　どこが（笑）。

永　年老いてはいますよ。

瀬戸内　誰が？（笑）

永　……。

瀬戸内　誰が？

永　僕です（笑）。

瀬戸内　それならいいけど（笑）。

永　……温泉で待ち合わせたのは失敗だったなぁ（笑）。

瀬戸内　いいお湯なの。塩分が強くて、疲れがとれるし、肌もつやつや。ホラ。

永　いいです。見せなくて（笑）。

瀬戸内　お互い仏門じゃないの。

永　仏門だから困るんです（笑）。エー、御無沙汰《ごぶさた》しました。

瀬戸内　突然あらたまったわね（笑）。
永　初めてお逢《あ》いしたのが、勿論《もちろん》、瀬戸内晴美さんの時代で。
瀬戸内　私が連載していた雑誌の対談だったかしら。
永　対談のあとがきで、瀬戸内さんが賞《ほ》めて下さったんですよ。僕が対談のあとで立ち上がってズボンのしわを気にした。そこに男の色気を感じたって。
瀬戸内　そうだったかしら（笑）。
永　いやだな。あれからずっと、ズボンのしわを気にしてきたのに……（笑）。
瀬戸内　あれからも時々逢っていますよ。最近では神戸の震災があって上方芸能のチャリティの会とか……。
永　そうでした。でも一冊の本にするような対談は今回が初めてです。
瀬戸内　そうね。岩波書店も変わったわ。『大往生』以来、ぐっと柔らかくなってきて（笑）。
永　僕、その『大往生』の映画のロケ先からここへ来たんです。角館経由で。その車中、瀬戸内さんと僕をつなぐもの、この対談に必要な人物として思いついたのが今東光さん。

瀬戸内　私を、晴美から寂聴にして下さった大切な方。

永　僕にも重要なんです。なぜそれを急に思い出したかというと、勝新太郎が亡《な》くなったでしょう（一九九七年六月二十一日没）。昔、勝新太郎が京都で、中村八大のピアノで呑《の》んじゃ歌って騒いでたんですよ。その時に、「よーし、今から面白い坊主《ぼうず》のところへ行くぞ」って、八大さんと僕と勝新とで河内へ行ったんです。僕は、そこが初対面なんです。それで、偉そうに「ミュージカルをやりたい」って言ったんですよ。そしたら、今さんが本箱からガサガサ『新青年』を探してきて、「俺が昔書いたもので、絶対にミュージカルになるのがあるから、これをやれ」っていうのが、『二人の武士』。あれ、二十三歳の時に書いたんですね。その小説がミュージカルに向いてて素晴らしいんですよ。

瀬戸内　どんな話でしたっけ。

永　幕末、オランダが長崎で海軍伝習所をつくって、幕臣に西洋式の訓練をするんですが、当然、軍楽隊が必要になる。フルートだの、ピッコロ、ドラム、初めて西洋楽器の練習をするわけです。

ドレミファソラシドを学んだ若い武士の話です。
　これが咸臨丸《かんりんまる》でアメリカへ行ったり、帰って来てから官軍のマーチを演奏したり、最後、明治になってからチンドン屋になってしまうんです。

瀬戸内　アラ、そのままミュージカルね。

永　書いた今さんも若々しいけれど、これを舞台にしろというところが、プロデューサーとして偉いと思います。主題歌は作って、結局約束を果たせないまんま今さんが亡くなっちゃって。
　そこに勝さんの訃報《ふほう》、それで今さんとの約束を思い出して……今さんとくれば瀬戸内さん、まず、今さんについてお話をしたいと……。

瀬戸内　そうなんですよ。もう素晴らしい方でしたね。私はなんで今先生が大僧正なのかなと最初思ってたんですよね。そんな偉いのかな？　と。ところが、それからいろんなお坊さんとお付き合いしましたけど、今先生ほど、いわゆる学問のあるお坊さんには会いません。

永　あんなに大変な歴史学者はいない。もちろん、それで作家でもいらして、最終的には政治家というところが……ちょっとね……（笑）。

瀬戸内　つまんなかった（笑）。それでね、「お前なあ、俺の一生でいちばんつまらんことは政治家になったことだ」って言いましたよ（笑）。

ただなってみたかったの。子供みたいなのね。そしてね、あの選挙で石原慎太郎さんと今先生は一緒に出て、慎ちゃんのほうがずっと票が多いんですよ。それをもう、悔しがって悔しがって（笑）。そういう可愛《かわい》いところがあるんですよ。

永　議員会館にお邪魔した時に、「お前、あのミュージカルはどうなったんだ？」って叱《しか》られたことがあるんですよ。「俺が生きてるうちにやれよ」というのを、「はい」って調子のいいことを言っといて出来なかった。

瀬戸内　素晴らしい方でしたよ。私が「出家させてください」っていろんな、各宗派……、私どこでもよかったのよ（笑）。各宗派の、もちろんいちばん偉い方にお会いしたんですけど、皆さん「それはいい考えだ。瀬戸内晴美が出家するのはなかなかよろしい」とおっしゃるんですよ。でもね、「あと二十年経《た》ったらおいで」とか、「七十になったらまたおいで」とかって。私、五十歳だったでしょう？　相談した人たちは全部七十か八十のお爺《じい》さんで、「それまで生きてないじゃないか！」と思いましてね（笑）。

それで「これは本気じゃない。どうせ続きやしないと思ってるんだな」と思いまして、どうしようかな、という時に、「そうそう、今東光も坊主だ！」と気がついたんですよ（笑）。それまでね、そんなに私はベタベタ先生のところに行ってないし、今東光を囲む会の「野良犬会《のらいぬ》」とかってのがあったんですけど、その中にも入っておりませんしね。ただ、遠くから眺めてただけなんですよ。それでも、東京の仕事場にお訪ねして、「今日はちょっとお願いがあってまいりました」と言っただけで、パッと全部わかったの。

永　へーッ！　それこそ阿吽《あうん》の呼吸。

瀬戸内　そしてね、奥様に「今日は瀬戸内さんが大切なご相談があるらしいから、いちばんいいお香を焚《た》いておあげ」とおっしゃるんですよ。そしたら奥様がお線香を持ってらして、二人の間に灰皿がありましてね……。今先生は煙草《たばこ》もお酒も召し上がらないので、お客様用がありまして、奥様が、「ここは仕事場だからいいお香がなくてごめんなさい」って言ってお線香を立てて下さった。今先生が「これは線香でも伽羅《きやら》でいちばん上等だよ」って。お香を焚くということは、そこを清めるということになるんですって。「だから、こんなに乱雑な仕事場だけど、お線香をたてて清まったから、さあ、なんでもお言い」って。

永　へーッ。真似《まね》したい。

瀬戸内　ハァッと思いましてね。今まで会った人は「二十年経ったらおいで」なんてことを言うのにね……。「ああ、これはわかってくだすった」と、私はそこで両手をついて「出家させていただきたくてうかがいました」と言ったんですよ。そしたら、どうしてかなんて、一切聞かないで、一瞬の間があって「ああ、急ぐんだね」とおっしゃったんです。「はい、急ぎます」って。

それが八月二十四日なんですよ。「急ぐんだね」とおっしゃっても、私はもうちょっと先と思ってましたから（笑）、「はい、急ぎます」ってオウム返しに言ったら、奥様に「予定表を持っておいで」って、予定表をご覧になって……。今の永さん以上に忙しい方なので、「九月四日はどうだい？」っておっしゃるんですよ（笑）。私はあわてて、「もうちょっとご猶予《ゆうよ》を」って、思わず言ったんですよ。そしたら「今年中だったら十一月十四日しかあいてないよ。どうだい？」って。それで「どうぞ、その時にお願いします」って。それを外したらいつになるかわかんないでしょう？　それで得度の日が決まっちゃったんです。他のことは何もおっしゃらないんですよ。もう、全部わかってくれてた。

今先生御自身が三十代で出家してらっしゃいますね。なんで出家したかということは、ご自分では何も書いていませんけど、私が出家してしばらく経って「菊池寛と喧嘩《けんか》したんだよ」って。「あの当時、菊池寛に逆らった者は文壇では生息できなかった」と。そうおっしゃいました。私も、詳しいことは何も聞かなかったけど。

永　だいたい、喧嘩をしてましたよね。今さんの口にかかると全部「あの野郎」って話になって。その次は「叩《たた》き切ってやる」(笑)。

人間としての魅力

瀬戸内　私と今先生が仲良くなったのは……。そんなことを思いついたのは、「文藝春秋」の講演会。その時に、松本清張さんがあの頃最高に売れてたんです。ところが清張さんはわりあいお友達がないのね(笑)。

まず人寄せパンダに清張さん、と思うでしょう?　だけど清張さんと一緒に行ってくれる人がない。それで清張さんに「お連れはどなたがいいですか？」って言ったら「今和尚《おしよう》ぐらいだ」とおっしゃったって。今先生のところに行って、「先生お願いします。お相手は清張さんです」と言ったら「ああ、清張か。一緒に行ってくれるやつがいないんだな」って（笑）。

永　わかってるんだ（笑）。

瀬戸内　「俺はいいよ」って。それで「彩り《いろど》」ってのが要るじゃありませんか。男ばかりじゃしょうがないからって「彩りは誰にいたしましょう？」ということになって（笑）、その時は有吉佐和子さん、それから曽野綾子《あやこ》さん、ピカピカの若手がいる時でしょう？　でも、二人とも行ってくれないでしょう？　忙しいから（笑）。それでね、「瀬戸内晴美でいいかぁ」ということになってね。「あれはさっぱりしてるからいいよ」って。私だって、選ぶ権利がありますからね（笑）。吉行淳之介《よしゆきじゆんのすけ》さんとか石原慎太郎さんと行きたいじゃないですか。

でも、私も考えたんですよ。吉行さんや慎太郎さんと行ったら、あの二人ばかりが目立つでしょう。清張さんと今先生の間に出してもらったら、私がとても可憐《かれん》に見えると思って（笑）。それで引き受けたんですね。

そしたら、あれは町から町へのどさ回りなんですよ。それはもう受けに受けてね、とにかく会場を人々がとぐろを巻くんですよ。外まで。それくらいそのトリオは受けたの。その移動の間に、汽車に乗ったり車に乗ったりするんですけど、お二人がほんとによく喋《しゃべ》るんですよ。

永　あー、いいなぁ。そのお二人のそばにいられて。

瀬戸内　私はもう、聞いてただけ。その時にもう、つくづく「なんて博学なお二人だ！」と思いました。清張さんも、下手な大学教授は間に合わないぐらい勉強してらっしゃる。それで、清張さんが勉強してらっしゃる内容は、今先生は全部わかってる。それはすごいですよ。私にはチンプンカンプンのようなことでも、二人は本当に通じあうの。

永　あの世代の、今先生がそうなんですけれども、二十代で『新青年』に書いてらっしゃるようなものが、今読むと五十、六十の作品にしかみえない老成した仕事なんですよね。

瀬戸内　ねえ。だからやっぱり昔の人、明治生まれの人ですね。あのへんはやっぱりよく勉強したんですね。森鷗外《おうがい》なんかでも五つぐらいから漢文なんか習ってるでしょう？　やっぱり早熟、天才教育……？　早く教えるほうが私はいいと思いますね。今は子供を猫可愛がりするか、試験勉強ばっかりでしょう？

永　意味がわからないことは教えない。意味がわかるように教えるというのが今の教育でも中心になってますよね。暗唱がよくないということになっちゃったんでしょう？　最近の教育では。

瀬戸内　そう。違う。私の小学校の頃はちょうど天才教育とか英才教育とかが流行《はや》った頃なんですよね。今の教育は全部一律にするからいけないんですよ。頭のいい子はどんどんどんどん飛び級をすればいいんですよ。昔は飛び級というのがあったんですよ。それで、悪いのは落第させて……、今先生は落第ばっかり(笑)。だけどあんなに素晴らしい。それで、今、永さんがおっしゃったみたいに、何を聞いてもパッと答えられたんですよ。

永　それともう一つ、知識が広いだけじゃない。教養が深いんですよね。

瀬戸内　そうです。教養です。

信じられなかったんですけどね、宇野千代さんが今先生と仲良かったんですって(笑)。それで、宇野千代さんはたくさんの男の人がいるんだけど、今先生とはそこまでは行ってないらしいんです。

永　そこまではって、どこまでですか。

瀬戸内　よくそういうこと聞けるわね（笑）。

永　読者のかわりに質問しているんです（笑）。

瀬戸内　要するにそこまでよ。

永　つまり、やってないと（笑）。

瀬戸内　はい、寝てないわけ。

永　よかった。宇野千代さんと今東光さんが寝ているところを想像できない。

瀬戸内　しなくていいのよ（笑）。宇野さんは愛したら……。たとえば「○○さん（特に名を秘《かく》す）は？」って聞くと、「寝てない」って言うんです（笑）。「△△（特に名を秘す）は？」「寝た！」って。「寝た」「寝ない」で全部男を分類しちゃう（笑）。「今さんは？」「寝てない！」っていう、そういう調子なんですけどね。だけど一時はね、宇野さんは今先生と結婚したかったらしいの。

その頃、今先生も宇野さんと二人で東大の銀杏《いちょう》並木を行きつ戻りつ、行きつ戻りつしたっていうんですよ。「その時にな、俺がお千代さんにチュウチュウするもんだから、お千代さんの唇は金魚みたいに腫《は》れたんだよ」って(笑)。

それでね、宇野先生に「先生の唇が金魚みたいに腫れるぐらいキスしたんですか?」って言ったら「ウフフフッ」って言ってね、否定も肯定もしないでニコッとしてね、「今東光はとてもハンサムだったのよ」っておっしゃるんですよ。想像できないでしょう? 「色が白くって、見目麗《うるわ》しくって」って。とってもハンサムだったんですって。

永　僕、宇野さんの色紙を一枚いただいたことがあるんです。「私はしあわせ。今までも、これからも」っていうんです。あの言葉、好きなんですよねぇ。ああいうふうにサラッと言えるって、なかなかねぇ。

「今までも　これからも　しあわせ」

そんな人生だったんですね。

やりまくって「一人源氏物語」(笑)。

瀬戸内　……面白いけど、笑わない(笑)。今先生に「どうして結婚なさらなかったんですか?」って聞いたら、「お千代さんがしたがったんだけど、うちのオニババが……」って。お母さんのことをオニババっておっしゃるの。本当は尊敬してるんだけど、「うちのオニババが女給は駄目なんだ」って。白いエプロンをかけた女給は駄目なんだって。女給じゃなくて東大前の燕楽軒《えんらく》のお運びだったんですけど、白いエプロンをかけてたから。「だけど、俺はその頃からお千代さんの素晴らしい文才を認めてたから、俺の女房なんかにする人じゃないと思った」って。本音はわかりませんけどね。ところがおかしいのは、その頃宇野さんは、従兄弟《いとこ》と東大前で暮らしてたんですよ。そのことすっかり忘れてたっておっしゃる（爆笑）。

お二人が亡《な》くなる前、おじいちゃま、おばあちゃまになって対談しましてね、ニコニコして対談してるんですよね。あんなのいいですねぇ。

辛《つら》い時代を生きる

永　今、伺っているような日本人がいなくなりましたね。

瀬戸内　そう。まだ永さんは若いからいいですけど……。私とあなたは十一違うのね。私は一九二二年ですからね。大方一回りね。そうすると色々と違いますよ。私の年になってごらんなさい。まわりは全部いないの。ほんとに。特にこの数年ね。

七十過ぎたら、あーっという間にいなくなるの。
　こないだもある人のパーティで……。私はパーティにはほとんど行かないんですけど、その時はちょっと義理があって行ったんですね。そしたら文壇の人が来てたけど、長老が安岡《やすおか》章太郎さんなんです。私より二つか三つ上なんですね。それから北杜夫《もりお》さん。これは私より五つ下かなんかで、私が安岡章太郎さんの次の年寄りですよ。その三人。それで、北さんはもう杖《つえ》ついて、腰が痛いなんてヨボヨボ(笑)。安岡さんも髪が真っ白になっちゃってて、仏さまみたいに柔和になって、やんなっちゃった(笑)。あの人、この人みーんな死んでる。だから、長生きするということは、好きな人、恋しい人、遊びたい人、話したい人、そういう人を見送るということですねぇ。

永　長生きすると寂しくなる。その寂しさが続くと虚《むな》しくなる。
　寂しいのは耐えられるけど、虚しいのは耐えられないっていいますね。

瀬戸内　長寿っていうけど「寿」じゃないの。ほんとに寂しいですよ。アッという間にパパパパッと亡くなるんですからね。でもね、フと思うんですが、今度の神戸の事件のような恐ろしい事件が起こったり、嫌なことがありますでしょう？　そういう時に、「あ、あの人たちはこれを見ないで死んでてよかったな」という気がします。「去年死んでたらこんなことは見なくてよかったのに」ということがこの頃多すぎますね。

永　たとえば東大を出て大蔵省へ行って、天下りして第一勧銀でもなんでもゾロゾロ捕まってるのって、ニュースの中では今、当たり前になっちゃってますけど、とんでもないことですよね。

瀬戸内　怖い時代ですよ。

私は、七十六年生きていて、五つくらいの時、記憶に「昭和天皇の御大典」に町内の子たちと仮装行列して、私、渡辺綱《わたなべのつな》になったのなんて覚えてるんですね。それ以来ずーっと記憶に残ってる中で、今ほど悪い時代はないですよ。

永　戦争の不幸な時代というのは、あれはあれで一途《いちず》なものがあって……。

瀬戸内　そう。一途なんです。我々無教養な庶民は、あの頃、いいことをしてると思ってたでしょう？　「天皇陛下《へいか》の御為《ため》」とか、「大東亜のために」とかね。だから、心で泣いてにっこり送ったなんて言いますけど、あの頃大多数の日本人は本当に喜んで送ってたんですよ。

永　僕はそう思ってました。

瀬戸内　好きな男や可愛《かわい》い息子に「いってらっしゃーい」という時に、そりゃ心で泣きますよね。しかしですね、今伝わっているような感じじゃない、と思います。ほんとに「頑張らなくちゃ」って、目的があった。あの頃は。それがいかに間違っていたかということは後で知らされて仰天するけどね(笑)、ほんとにごくごくインテリしか「この戦争が間違っている」って知らなかったですよ。

永忠順《ちゅうじゅん》と源氏物語

永　仏教界でも戦争に協力したことの責任を自覚し、宗教家として謝罪するべきだという動きがあるんです。

父は、戦争に対して何も出来なかったということで戦後は下町の市井《しせい》の住職で終わりました。

仏教学者としては尊敬されていましたが、その父が瀬戸内さんが源氏物語を訳すと知った時とても喜んでいました。

源氏物語は尼僧《にそう》が訳さなければ訳しきれないと書いています。

瀬戸内　源氏は本当に宗教的なのね。それが、誰もそうと気がついていない。源氏は出家物語なんですね。私はそう思って訳しました。それにお父さまが「紫式部は非常に仏教的学問がある」とおっしゃってますね。そして「宇治十帖《じゆうじよう》」についてずいぶんお父さまはお書きになってらっしゃる。「宇治十帖」がもっとも仏教的なんですよ。

本文を書き終わって、それから「宇治十帖」まで数年あると思うんです。そのあいだに紫式部は出家してるというのが、私の説なんですよ。紫式部はインテリですから、頭がよくて、仏教の学問的知識はずいぶんあったけど、素直に仏を信じてはいなかったんじゃないでしょうか。

永　親父《おやじ》と対談してほしかった（笑）。

瀬戸内　お父さまのあの最後の文章、いいですねえ。ほんとに気取らないで、いいですね。永さんよりいいですね（笑）。

○

瀬戸内さんに賞めていただいた父（永忠順）の文章の一部を御紹介する。

『源氏物語』の「匂宮《におうのみや》」の帖で薫君は、いとしいと思う恋人に、自分の素性や立場をハッキリ言えないのをかなしんで、「おぼつかな、誰に問はましいかにして、始めも果ても知らぬわが身ぞ」となげいている。

『無量寿経』にも「生の従来する処《ところ》、死の趣向する処を知らず」と言う。なにしろ此《こ》の紫式部、大変な才媛だから仏経なんかもよく読んでいるに違いない。同じく「総角《あげまき》」の帖では薫君に、「霜冴《さ》ゆる汀《なぎさ》の千鳥うちわびて、啼《な》く音かなしき朝ぼらけかな」と嘆かせているが、此の場面の締めくくりには、『法華経《ほけきよう》』常不軽菩薩品《じようふきようぼさつほん》を用いているし、同じく「御法《みのり》」の帖の紫の上の「惜しからぬこの身ながらも限りとて薪《たきぎ》つきなんことの悲しさ」の一首が『法華経』序品の釈尊の入滅、「薪尽きて火の滅するが如《ごと》し」を予想していることは勿論《もちろん》である。

一切衆生喜菩薩のすばらしい焚身供養《くよう》の説話もあるように、生きるということは燃焼であり、そして燃焼の跡には何も残らないのである。

永　父は紫式部は常に経典を読む暮しだったに違いないと言ってました。父が生きていたらとは思いますが、先日その父の句を整理していたら、こんな句があったんです。

○

水仙や　瀬戸内晴美　尼御坊

瀬戸内　キャーッ！　嬉《うれ》しいわ。

永　昔の句なんですよね、これ。

瀬戸内　これ、くださいね。うわーぁ、ほんとだ。お父さまって、どんな方でした？

永　ちょっとした風が吹くと、よろける人でしたね（笑）。

瀬戸内　……質問が悪かったわ（笑）。

永　風に飛ばされて、救急車で運ばれたり、うっかり風に向かって息を吸って気絶したりした人です（笑）。

瀬戸内　どういうお坊様かという意味で。

永　松原泰道《たいどう》さん、無着成恭《むちやくせいきよう》さん、それから美輪明宏《あきひろ》さんも、僕にいうのは「不出来な倅《せがれ》」だって（笑）。

瀬戸内　そういう賞《ほ》め方もあるけど。

永　宗教家というより、学者でしょうね。でも、学校に迎えられるというタイプではなくて、ほんとにひっそりと暮らすのが似合っている人でした。

例えば一遍上人《しようにん》のように絵巻物に残されている遊行僧《ゆぎよう》がいますね。あの感じで、杖にすがって立っていると、どっちが杖だかわからないような（笑）。

生きていることが恥かしい、親であることが恥かしい、幸せであることが恥かしいという様子で、おどおどしているんですよ。わかるでしょ、「不出来な倅」って言われるのが（笑）。

瀬戸内　お父さまに言われた言葉で大切にしているものってある？

永　若い時に、柴田錬三郎《しばたれんざぶろう》さんと喧嘩《けんか》したことがあるんです。

僕は「マスコミの寄生虫」とか「軽薄タレント」とか書かれました。

その時に父が「世の中を動かすのは軽薄でなきゃ出来ない。重厚といわれた人達は何もしなかった連中だ」という手紙をくれました。

瀬戸内　手紙なの？

永　いつでも手紙でした。いつか浅草で向こうから親父が歩いてくるのに気がついたんですね。しまったと思って横町を曲がろうと思ったら、親父の方が先に曲がってしまった（笑）。

瀬戸内　ヘンな親子ね。

永　翌日「失礼した」という手紙が来るんです（笑）。

瀬戸内　……明治の男。

永　身体《からだ》が弱くて兵隊経験はありません。ひたすら本を読み、勉強をしていたという記憶ばかりです。学生時代に大蔵経《だいぞうきょう》を訳していた人ですから、研究したものは難解で、僕は随筆を読むのがやっとです。亡くなった時に新聞で「市井の高僧往《ゆ》く」と書いて下さったところがあり、とても納得出来ましたね。

今、父の位牌《いはい》の前に、瀬戸内源氏を並べています。

瀬戸内　ありがとうございます（合掌）。

永六輔のダンディズム

瀬戸内　永さんて、ご家族のことって話すの嫌い？
永　好きじゃないですね。
瀬戸内　そういうの嫌いっていうの（笑）。
永　だって恥かしいですよ。女房は美しい、娘たちは素晴らしい、孫は可愛い。そんなこと言えません。
瀬戸内　今、言ったじゃない（笑）。
永　父のことだってそうですけど、自慢になっちゃうのって恥かしいもの。
瀬戸内　下町のはにかみね。はにかみっていうのは、裏返すと傲慢《ごうまん》なのよ（笑）。
永　不幸な家庭の話だとしやすいんですよ。
瀬戸内　私は、幸せな家庭の話を聞きたいわ。奥さんてどういう女性？
永　まず、美しい（笑）。
瀬戸内　お写真で拝見したことがありますよ。ほんとに美しい。上品。

永　年の重ね方が上手です。

瀬戸内　大事なこと！

永　そして専業主婦です。近頃、働いている女性が増えていますが、女房をみているると専業主婦の仕事の大切さがよくわかります。僕が旅暮しでアチコチでボランティアをしていられるのも、家に女房がいるから出来るんですね。

瀬戸内　つまり奥さんは家を守るというボランティアなのよね。

永　その言葉、女房に伝えます。

瀬戸内　娘さんで、アナウンサーしてらした方がいたでしょ？

永　次女です。

瀬戸内　じゃ、映画のエッセイを？

永　長女ですが、二人とも、今、子育てで仕事との両立に苦しんでいるようです。

瀬戸内　じゃお孫さんは？

永　男の子二人ずつ、四人です。

瀬戸内　男の子四人いると賑《にぎ》やかでしょう。

永　僕は暴力団といってます（笑）。

瀬戸内　可愛い暴力団！

永　女房が若がえったのにはビックリしましたね。祖母じゃなくて母ですね。孫たちもママと呼んでます（笑）。女房はポケモンの名前を暗記してますよ。それとウルトラマンと……。

瀬戸内　それは呆《ぼ》けませんね。

永　昔は着物だったんですけど、孫相手だと運動会ですから、スラックスで。

瀬戸内　そりゃそうよ。

永　家の中で孫を相手にしているのが生き甲斐《がい》なのかな。家から出ることが少ないので目撃者が無い（笑）。

瀬戸内　幻の女房。

永　僕がたまに女房と歩いていても、みんな女房だと思ってくれない。

瀬戸内　わけありの女（笑）。

永　そう。だからヘンな気を使うんですね。永六輔が、粋《いき》な女と歩いていたという話があれば女房です。

瀬戸内　はい、御馳走《ごちそう》さま。そうか、女房臭さが無いというわけね。

永　さっき親父の話をしましたよね。夫婦間にもそういう照れがあるんです。女房に「おい！」なんて絶対に言えない。

瀬戸内　手紙を書くの？（笑）

永　電話で頼むんです。電話だと言い易《やす》いでしょう（笑）。

瀬戸内　永さん、お宅って相当に変わってますよ（笑）。

永　変ですかね。

瀬戸内　うらやましいけど。

永　変かなぁ。

瀬戸内　ついでに質問があるんだけど、作務衣《さむえ》は永さんが流行させたんでしょ？

永　昔から藍《あい》木綿が好きだったんです。寺育ちだから作務衣は身近にあるものでしょう。そこに戦争が終わってアメリカの海兵隊が進駐してきた。彼等のユニフォームがネイビィブルー。そしてキャンプに行くと私服のＧＩの大部分がブルージーンズをはいてました。

戦後すぐに僕もジーンズを手に入れましたが、父が「車夫のような」と言ったことを覚えています。

ジーンズはカリフォルニヤの作務衣ですからね。

瀬戸内　なるほど、藍木綿がねぇ。

永　作務衣だけで三十着はあるかなぁ。ホラ神戸の震災の時にチャリティの上方芸能の会がありましたよね。あの時にボランティアで事務を引き受けてくれたのが笹倉玄照堂《げんしょうどう》。あそこが藍木綿の問屋なんです。

瀬戸内　ホラ、私は出家以来法衣だけで過しているから、お洒落《しゃれ》は縁が遠くなっちゃって。

永　墨染めの衣の下に花柄のフリルのついたパンティということは(笑)……失礼しました。

瀬戸内　はくからプレゼントしてよ(笑)。

永　忘れて下さい。

瀬戸内　忘れない(笑)。そうそう、私ね、この衣姿で町を歩いていて、うっかり自分が出家したことを忘れる時があるの。だから気に入った派手なブラウスなんか買っちゃう(笑)。

永　へぇ、いい話だなぁ。

瀬戸内　店の人が妙な顔をしてからこちらが気がつくのよね。で、あわてて「包み紙、プレゼントにしてください」(笑)。
永　ということは、プレゼントが眠っているでしょ。それ下さい(笑)。
瀬戸内　パンティと交換してあげる(笑)。
永　……藍木綿の話に戻しますが、職人の腹掛け丼《どんぶり》とか、パッチとか、刺子刺繍《ししゅう》とか、みんな好きですね。
瀬戸内　職人の仕事着ね。
永　髪形も、その時のためにあわせてあるんです。ちょっと出てきたお腹も、着物にはピッタリですから。
瀬戸内　着流しが粋なのよ、永さんて。
永　瀬戸内さんも、晴美時代はいい着物をたくさんお召しになってましたよね。
瀬戸内　この頭じゃね(笑)。今はもう法衣が似合うことが一番の幸せ。
永　本来の出家というのは、恵んでいただいた布を身にまとうんですよね。「布施《ふせ》」という言葉だって、施された布。
瀬戸内　そうです。本当は働いてもいけないの。世の中を静かにみつめて、その行く末を見守り、間違った方向にいかないようにするのが出家した人間の勤めです。

永　今は坊主《ぼうず》そのものが間違った方向に行きつつある。

瀬戸内　出家したら稼いじゃいけないの。

永　お互い、稼いでいますよね（笑）。

瀬戸内　あなた、高額納税者でしょう？　私はあなたほどじゃない。

永　ようし、『源氏物語』を売るぞォ（笑）。一言言わせて下さい。読者の方も知って下さい（笑）。高額納税者は高額所得者と違うんです。日本の税制では最初に六割五分を取られます。

それから固定資産税、予定納税など二割はけずられます。その上で、事務手数料が一割五分。手元に残るのは一割もありません。

高額納税者は普通の所得までしぼり取られるのです。

瀬戸内　ウン、説得力がある。本音だということがわかる。

永　その上、この国は欧米と違って、寄附行為も所得として認めてしまう。寄附した分の税金も払うのです。

瀬戸内　怒りなさい（笑）。

永 怒ってます（笑）。

瀬戸内 とりあえず、この本は売れないことを祈りましょう（笑）。

永 担当者は宣伝が下手ですから売れないと思います（笑）。

瀬戸内 今度は、奥さんに逢《あ》いたいわ。お父さまにお逢い出来なかったのが口惜《くや》しいから。

逃げても逃げても切れない糸

永 僕も今一番逢いたいのは父です。今さんに逢いたい。親父《おやじ》に逢いたい……。妙ですね。寺がいやで、親父がいやで寺を出たくせに……。瀬戸内さんは、その寺の暮しに入っていらっしゃった。

瀬戸内 皆さんそうね。丹羽《にわ》文雄さんにしたって、水上勉《みずかみつとむ》さんにしたってね。

永 そうなんです。なぜなんでしょうね。坊主っていうのは……。篠山《しのやま》紀信というカメラマン、寺から出た坊主なんです。

瀬戸内 えっ、知らなかった。

永　真言宗なんです。坊主どうし……、しかも寺を出てる坊主というのは、それは植木等だろうが誰だろうが、なんかね、ピピッとわかるんですね。魚屋さんどうしがわかるようにね。「きっとこれ坊主だな」と思って、「寺?」っていうと「寺」って(笑)。

瀬戸内　篠山紀信さんが……。

永　彼が言うには、寺の出だから、ヘアヌード撮っても、どこか品がある(笑)。

瀬戸内　私はね、自分が出家してこんなにしあわせだと思うでしょう? その時に、なんであなたたちはせっかくお寺に生まれたのに……、と思うんですよ。しかしね、その人たちとお会いすると、全部仏教をまだ尾てい骨にくっつけてるんですよ。そして結局なんだかんだ言いながら、お寺が嫌で飛び出しながら、皆非常に仏教的だし、仏様の掌《てのひら》から出てないの(笑)。ね? 孫悟空じゃないけども。

だからやっぱり、どっかに……。それで最後は「仏様」というところにいくんですよ。だから、丹羽文雄さんがアルツハイマーになってボケてらしても、今おっしゃることは、ご自分の生まれたお寺の銀杏《いちょう》の木はどうなってるかとか、鐘楼の横にあの木があったな、とか……。で、まだ先生のお父さまが生きていると思ってらっしゃるんですって。そして、誰を見ても「ありがとう、ありがとう」と合掌なさるんですって。お嬢様の桂子《けいこ》さんが、「この頃の父は仏様です」って。

それから水上勉さん。私も一滴文庫によく行くんですけど、勉さんは、寺を飛び出していながらやっぱり仏教から逃れられない。

遠藤周作さんがよく私に話したんですけど、あの方は「自分がカトリックを選んだんじゃない」ということをしきりに言って、「お母さんに無理に入れさせられたキリスト教だ」と。だから、曽野綾子さんとか三浦朱門さんのように自分が選んで洗礼を受けた人が羨《うらや》ましいと、しきりにおっしゃったんですよね。しかしあの人は、最後までキリスト教から逃れられなかったでしょう？　信仰にはそういうものがあるんですね。

だから結び付けられたら、その糸は切れないんですよ。逃げても、逃げても。

宗教界にいま問われていること

永　切れないんだったら、その糸を紡《つむ》いで、寺を出た我々が、もっと世の中に対して、寺の中から言うのとは違う発言をしなきゃいけないんじゃないかと思うことが、ここのところよくあって、オウム事件や臓器移植なんですよ。つまり、脳死というものを命の終わりにする、あるいは心臓で終わる人もいる、というような考え方は、仏教的には絶対に納得できないですね。

瀬戸内　納得できないですよ。それから、全部……、永さんのご本で献体を「いい」という感じで書いてらっしゃるでしょう？　これはちょっと書かれると困るかもしれないんですけど、私ね、角膜でも爪《つめ》でも何でも誰にもやりたくないの（笑）。これ、いけないのね。仏教者としては全部身体《からだ》をさしあげて、奉仕すべきなんです。理屈でわかってるんだけれど、私は嫌なの。美意識が許さないの（笑）。私の目が知らない人の身体にくっついてずっと生きてるとかって、もうそういうのは絶対嫌なの。だから、私は遺言でも「死んでも誰にもやらない！」って（笑）。こんなこと言って地獄に堕《お》ちてもいい。

永　僕も全面的に賛成じゃありません。論争を逃げてるんじゃないですよ（笑）。

瀬戸内　でも逃げようとしている（笑）。

永　提供者、ドナーはいいんですが、臓器を待っている人は、いつか、誰か死んでくれないかなと思う。誰かが死ぬのを待っている、そこが辛《つら》いんです。
死刑に反対しているのも、処刑を仕事にしている人がいるのがいやなんです。

瀬戸内 それともう一つ、寿命とか言いますが、私は定命《じょうみょう》という言葉がすきです。人間は定命があるんですよ。だから、良寛の言った「死ぬ時は死ぬがよろしく候《そうろう》」なんですよ。

永 僕もそう思うんですね。

瀬戸内 いろんな管が、スパゲティみたいにくっついて死ぬのはイヤだと病人が思っていても、まわりで、もっと命を延ばそうとする。それは医者と家族のエゴですよ。

永 そこのところが、ぜんぜん論争にならなかったんです。つまり、脳死なのか心臓死なのかを決める、というところで論争してるから。もっと前の段階で、「臓器移植というものはだいたい違うんじゃないですか」ということを、宗教界が言わなきゃいけないと思ったんです。クローンも反対しなきゃいけません。クローン人間をドナーにして臓器移植なんていうんですから。

瀬戸内 だいたい宗教界、特に仏教界なんて何も言わない、ことなかれ主義ですからね。

永　キリスト教では魂が天に行っちゃったら肉体はモノなんですね。だけど仏教は違うじゃないですか。遺体も大事、遺骨も大事。戦後五十年も経《た》って遺骨収集団が行く国なんて他にないんですから。イスラム教とキリスト教は魂のない肉体はモノだから提供する。

だから、あちらから臓器移植が盛んになってくる。

そこのところをちっとも論争しないんですよ。

瀬戸内　曽野さんなんかは、「全部あげるのがキリスト教だ」とおっしゃる。仏教だって布施ですから、我々は法施といって布施を返さなきゃいけない。だから、「身体なんて、死んだら何にでも使ってください」というのが……。白菊会なんかほんとにご立派だと思うけど、私はいやなの(笑)。感覚的に、じゃない、美意識としていやなの。だって、永さん、そう思いません? 内臓といえどもその人の個性を持ってると思うんですよ。その証拠に、拒否反応が出るじゃありませんか。

永　拒否反応は個性ですね。でも、今、瀬戸内さんとは逆のことに気がつきました。僕は美意識としては許すけど、感覚的にはいやですね(笑)。

瀬戸内　それ、気取っているだけよ（笑）。
永　今の臓器移植についての発言のレベルでも既存宗教界は発言しようとしない。オウム真理教の時も黙っていた。
あの時、テレビで一人発言していたのは瀬戸内さんでしたね。
瀬戸内　逃げて、誰も出なかったの。仏教界の他のところも全部アンケート行ってるんですよ。そしたら、「これは宗教じゃありません」とか、「今発言しません」とか、「論ずるに足らず」とか、そういう返事ですよ。
永　そうなんですよね。
瀬戸内　そんなことはないでしょう。自分たちは、死んでもロクでもないくせに（笑）。オウムの信者にとって麻原はいいに決まってるじゃないですか。いいと思うからついて行くんですよ。その迷える青年の心を我々が受け止めることができなかったから、向こうへ行くんでしょう？　騙《だま》されちゃうんでしょう？　希代の詐欺師《さぎし》に。
それは、向こうが偉いんですよ。取りこむことに努力してるんですよね。我々既成宗教人は何も努力してないんです。

私は、まず「恥かしい」って言いました。既成宗教が駄目だから彼らは向こうへ行ったんだから。だから、私たちが自分を坊主だといっているのが恥かしいと思いましたよ。

永　そうなんですよね。逆に外にいる……瀬戸内さんは中にいるんですけど、僕らみたいに尻尾《しっぽ》を引きずりながら外にいる人間が、ものを言いながら「なんて力がないんだろう」と、自分でも反省しましたけれど……、でも……、今度はさらに一歩退くと、「出家する」というと、なんか「山へ籠《こ》もる」「寺へ籠もる」「世間の生臭さから離れる」というイメージがとても強いじゃないですか。

瀬戸内　私は、そうしたかったんですよぉ（爆笑）。どんな静かな生活ができるかなあ、と思ったら、気がついたら前より忙しいじゃないか、寂庵《じゃくあん》はすっかり騒庵になってる（笑）。

永　そうですよね。瀬戸内さんがそうやって忙しくなっちゃうのも、世の坊主どもが……。

瀬戸内　何もしないから。ことなかれ主義ね。これは是非、永さんからピシッと答えが欲しいんですけど、聖職者というのが昔はあったでしょう？　医者、先生、坊主ね。牧師さんも含めて聖職者ね。それが今は聖職者じゃなくなったんですよ。全部経営者になったんですよ。だから何もかも駄目になったと、私は思うんですね。

先生だってストなんかするようになって……。我々が子どもの頃には仰ぎ見てたですよ。影までは、踏んだけどね、先生って「特別の人」と思ってた。

命の教育を

永　そうですね。戦後のことになって、国家神道が戦争を起こしたんだという発想から、宗教というものを教育の前面から外しましたでしょう？　その件に関してだって、宗教を教育から外しちゃいけないと思うんですね。
瀬戸内　いけないですよ。
永　つまり、命のことを語るのは宗教なんだから。
瀬戸内　それでね、今の子たちが平気で人を殺したり自殺したりするのは、「命というのはかけがえのないものだ」ということを、家でも教えないし、学校でも教えないからですよね。自分の命がかけがえがないように、相手の命もかけがえがない。

自分に痛い目を加えられたら痛いように相手も痛いんだから加えちゃいけないという……。お釈迦《しゃか》さんは難しいことは何も言ってない。つまらないぐらいわかりきったことを言ってるんです（笑）。いいことをしろ、悪いことをするな（笑）。だから今の若い人に魅力がないんじゃないかと……。でも、そのいちばん根本のつまらないような、「一＋一＝二」みたいなはっきりしたことを今、教えてないですものね。

永　瀬戸内さんは学校で給食というのはなかったでしょう？　僕らの時は、ちゃんと手を合わせて「お父さん、お母さんありがとうございます。お百姓さんご苦労さまでした」。それからまだ戦争中でしたから「戦地の兵隊さんありがとう。いただきます」と。それからもうひとつ、上級生になると「箸《はし》とらば天地御世の御恵、父と母との恩を味わえ、いただきます」と。普通「いただきます」と言うじゃないですか。あれが手を合わせて祈るから、特定の宗教行為として、公立の学校ではしないところがあるんです。「いただきます」と「御馳走様《ごちそう》」が憲法違反という国なんですよ。手を合わせて祈る。これは宗教行為だから国立、公立の学校では憲法違反。

瀬戸内　文部省はいちばん駄目ですよ。

永　命の教育。あのね、僕は性教育なんてその中に入っちゃうと思うんですよ。にもかかわらず、エイズだなんだとなると、高校生にまでコンドームを配ったりしますでしょう？　あの教育は何なんだ？　と思うんですよ。そこへいくまでに命の教育があるだろう、と思うんですが、それは宗教行為にかかわってくるからという。これはどうにもならないですね。

今さんがお元気だったら文部大臣か文化庁長官ですよ。それであの調子でいいから。

瀬戸内　「馬鹿野郎《ばか》！」でいいんですよ。今先生のお書きになってるものが、この頃また再版されてる。『極道辻説法』でしょ。あれはいいもんですよ。「世の中つまらない」「死にたい」なんて青年がいうと「死にたきゃ死ね、てめぇ」「さっさと死ね」とかね。「性欲でモヤモヤして勉強ができません」というと「もっとマスかけ！」とかって（笑）。

永　（咳《せき》払い）瀬戸内寂聴さん、ちょっと、お言葉が（笑）。

瀬戸内　私が言ったんじゃないわよ。今先生のお言葉。

永　今先生のお言葉でも、今は瀬戸内さんがご発言。

瀬戸内　「もっとマスかけ」がいけないの？

永　いけません。僕は瀬戸内さんに憧《あこが》れているんですから。

瀬戸内　言っちゃいけないなら、筆談にする（笑）。

一人を慎む

永　質問！　仏門に入る前、瀬戸内晴美時代のことなんですが、当時から過激でしたよね。

瀬戸内　言いたいことを言って、書きたいことを書いて、文壇でも疎《うと》まれていた時代がありましたね。

永　冷遇されていた。

瀬戸内　そうです、そうです。文学でも冷遇されてました。松本清張さんと今東光さんの共通点も、自分は文壇から認められてないという怒りなの。面白いでしょう？　なんか冷遇されてるんですよ。

清張さんは、売れてるから冷遇されてるのね。売れてる人間は嫌なの、文壇はね

(笑)。永さんも売れてるから嫌なのね(笑)。売れてるという人に対しては非常に当りが悪い。でも、今先生はそんなには売れてないんですよ。だけど、ある種の人気があったでしょう? 個性があってね。それはやっぱり嫌なのね。文壇というのはほんとにケチ臭いとこですよ。

永　そうすると、教育界、宗教界、それと今おっしゃる文壇も含めて、この国には「ここはいいなあ」というところがないですね。

瀬戸内　ないですよ。だいたい文壇……、作家なんて貧乏が当たり前なんですよね。だって、箸は二本、筆は一本、だったんですよね。作家が金儲《もう》けをやるっていうのは滅多にないことなんですよね。だけど今の社会だと、一発当てたら全部作家になるでしょう? で、相撲と野球の選手の奥さんて皆美人でしょう? 知ってる?

永さん、作家の奥さんてもっとみんな美人よぉ(笑)。ほんと。あれが私、不思議なの。ねえ、そう思わない? (笑)今や、そういう立場なんですね。

昔はね、「三文文士に嫁やるな」って、くれなかったんですよ。今は違うのよ。どんどんもらってるの。それで、今の若い作家は、ちょっと当たったらすぐ、ほら映画作る、ほら家建てる、ほらきれいな嫁さんもらうって、我々の時代とは違うんですよ。ハングリーじゃないから、いいもの書けないですよ。作家とは「家を作る者」なの、今。

永　ですねえ。ほんとに今さんの若い時の作品、二十代の作品がいいんでほんとにびっくりしました。

瀬戸内　いいですよ。ほんとにいいですよ。それからね、お稚児《ちご》さん……、坊さんと小僧さんの関係にはセックスがあるんですね。それを書いた小説が一つあるんですが、それはもうほんとによくてね。谷崎先生と三島由紀夫《ゆきお》さんが「こういうのこそ書きたかった」って絶賛したのがあるんですよ。それにはやっぱり初夜があるのね。老僧が若い坊さんとそれを遊ばす時に初夜があって、紙の遣い方の作法なんてあるんですよ。それでやっぱり老僧っていうのが悪いやつで（笑）、小僧さんを可愛がって、その次にもっと可愛いのが来たら前のを捨てるの。その捨てられた若い稚児さんが、琵琶湖に入って死ぬという話。そんな色っぽいのがあるんですよ。『お吟《ぎん》さま』も非常にいいですよ。ただ、『春泥尼抄《しゅんでいにしょう》』なんて書いた、ああいうのが変に売れたり、エロ作家と言われたりしたでしょ。私もエロ作家とか子宮作家なんて言われて。どこがエロなんだ？　と不思議で（笑）。そういうレッテルをつけられてハラ立てて、そんなことをいう批評家はインポテンツで女房は不感症だろうと書いて、袋叩《ふくろだた》きよ（爆笑）。

永　そうか。今東光、瀬戸内晴美、エロ作家同志で仏門に帰依《きえ》したんだ（笑）。

瀬戸内　出家した時に今先生が私におっしゃったことがあるんですよね。「お前さんはな、小説家だから死ぬまで小説を書きなさい」とおっしゃったんですね。それから「坊主《ぼうず》とは付き合わんでいいよ」って（笑）。それから「寺は持つな」と。

永　「寺は持つな」がありましたか。

瀬戸内　ええ。「寺を持ってろくなことはないよ」って、そうおっしゃったの。だけど、それでも出家はやめろとは言わない。出家は認めて。

それから、普通「出家」っていったら、師匠と弟子って大変なんですよ。お仕えしなくちゃいけなくて。それを一切要求なさらなかった。だから、たとえば盆暮の挨拶《あいさつ》なんて、そんなものはすることはない、と。ご自分で何かセレモニーがあっても、他のお取り巻きは呼ぶんだけど、私には声をかけてくださらない。

それで「お前さんは小説を書きなさい」と。その代わり何も教えてくれない。「読めるだろう？　自分で勉強しなさい」って（笑）。それでも、やっぱり大きなことを教えてくだすったのはね、出家した時、ちょうど先生がご病気になったから代わりの方に来ていただいてすませたんですけど、その足で病院の今先生のところに行ったんです。剃《そ》った頭をみていただきに。そしたらとても厳粛な表情で合掌して下さったの。「いいお姿になっておめでとう」って。

永　いい言葉ですねぇ。

瀬戸内　ねえ。それで私もびっくりしましてね。それまでは友達やなんかが泣いて泣いて、「こんな格好になって」って(笑)。「いいお姿になっておめでとう」って拝んでくだすったの。「お前さんな、出家するということは非常にめでたいことだからな、これから誰かが出家したら、そう言ってやんなさい」って。それからね、先生はご病気だから早く帰らなきゃいけないと思って、「失礼いたします」って言ったら、「ちょっと」って呼び止めて「これからは一人を慎みなさい」って。それを今東光が言ったら、なんかおかしいんだ(笑)。

永　今さんは疑っていた(笑)。

瀬戸内　うん。だけど、私はそれをありがたいと思いましたね。それ以上の言葉はないでしょう?　だって、誰も見てないと思って変なことするじゃないですか、ねえ。

永　約束は守ってらっしゃいますね？

瀬戸内　ええ、ええ、私は守ってる。私ね、出家してからセックスだけは断ってるんですよ。それはね、私は戒律を一つは守らなきゃいけないと思ってるの。何を守るかって、「噓《うそ》つくな」って、小説家は噓をつかないと食っていけないから、それは仕方ない。「人の悪口言うな」って、人の悪口ぐらい楽しいものないでしょう？(笑) 消化がいいんですよね、ご飯食べながら人の悪口言うと。これもできない。いろいろできないことばっかり。

だけど、戒律というのは、お釈迦さんが、人間ができないことをわざと並べたんだと思う。ね？　で、「セックスするな」。これしか守れないと私、思ったんですよね。それで私は、ただ一つ守っているのはそれだけ。

永　それは、出家する前に決心なさったことですか？

瀬戸内　もちろん。

永　じゃあ、仕納めというのがあったわけだ(笑)。

瀬戸内　そう。五十一歳。出家する前ね。「ああ、これが最後か」と(笑)。

永　普通なら仕納めで心中ですよね。こんなにお元気で、艶《つや》っぽくて……。

瀬戸内　口説いているの？（笑）

◯

ここで食事の時間になり、録音をストップして食事は食事と楽しんだ。翌朝に天台寺で話の続きをと、僕も、塩分たっぷりの温泉につかって寝ることにした。

妖《あや》しい夢を見たが……朝を迎えて天台寺に向う車中。

一夜明けて……

永　お早うございます。

瀬戸内　夜と朝では、対談の気分が違うわね。

永　まず、朝は悩ましくない（笑）。

瀬戸内　本当は天台寺に泊っていただこうかと思ったのよ。でも、山寺に二人って恐《こわ》いでしょう。
永　誰が（笑）。
瀬戸内　私は恐くありません（笑）。
永　お風呂《ふろ》はちゃんと昨日入りました。不思議な浴室ですね、塩が多いと、湯船も簀《す》の子《こ》も全部塩の結晶になっちゃうんですね。
瀬戸内　そうなんです。私がここのお湯がいいから送ってもらってたんですよ。ポリバケツで。そしてね、寂庵《じゃくあん》で入ってたら、塩でお風呂が壊れちゃった（笑）。
永　錆《さ》びるでしょうね。
瀬戸内　お湯の流れるところが腐っちゃうんです。とても疲れが取れるんですよ。
永　塩っていいんですよね。我々は本来……、太古、魚だった頃、塩の中にいたんですから（笑）。
瀬戸内　なるほど、なるほど。よかった。疲れがとれて。
永　昨夜、疲れましたから（笑）。
瀬戸内　私と話をするのって疲れるらしいわね。
黒柳徹子さんがそう言ってたわ（笑）。

永　あの人は誰とでもしゃべり疲れるんです（笑）。僕のは気疲れです……同じことか（笑）。

話を変えますよ。さっき、僕が上の食堂へ行こうとした時に、エレベータの前に五、六人の女の人がいたんですよ。僕、その話している言葉を聞いてベトナムかカンボジアかと思ってたの（笑）。そしたら青森の方なんですよね。

瀬戸内　私なんか、ちょうど十二年になるんですけど、最初は言葉がさっぱりわからなかったんですよね。一生懸命、勘で、だいたいこう言ってるんだろうなと頷《うなず》いたらね、「どうしてお前は岩手の言葉がわかるのか?」と言ってるらしいんです（笑）。私は「勘でわかるんだ」なんて言ってね。

永　僕が、今の瀬戸内さんのお話をうかがって、絶対にそうだと思ってることが一つあるのはね、松尾芭蕉が『奥の細道』で北を目指しますよね。普通ね、旅人の感覚でいったらさらに北へ行きますよ。行かないんですよね。つまり、岩手から曲がって秋田へ出て戻ってしまう。青森へ行かないんですよ。あれ、絶対に言葉がわかんなくなっちゃったんだと思う。何言ってもわからないし、飯も食えないし、こりゃ、北へ行ったら大変だ、というんで……。盛岡までは都の影響がありますし、秋田も誰か言葉のわかる人がいるということで、青森へ行かなかったんだと思う。

瀬戸内　なるほどねえ。通訳がいないですものね。

永　僕は、言葉の問題、方言がわからなくなったんだと思うんですね。

瀬戸内　それは面白いですねえ。誰も言ってないんじゃないかしら（笑）。

永　今だから、東北弁とかいろいろ言うけど、松尾芭蕉の頃は、とっかかりもないですもの。

瀬戸内　そうですよ。それで皆、こっちの人はテレビを見てますでしょう？　標準語がわかるんですね。だけど、自分たちが喋《しゃべ》る時には絶対に遣わないでしょう。だからもう、目の前で悪口言われたってわからない（笑）。

それでね、おばあちゃんが台所にキュウリとか新鮮な野菜を背負籠《かご》一杯持ってきて置いていってくれるんですよ。それで何かペラペラペラペラ言うんだけど、さっぱりわからない。とにかく「九州へ嫁に行った娘が」ということがわかったから、「うんうん」と言ってたら、「わかるか？」というから、「九州へ嫁に行った娘が、お母ちゃんの作ったキュウリが好きで、食べたくなったといってきたんで送ってやったら喜んだんでしょ」「んだ、んだ」って（笑）。全部想像（笑）。それから私は

「言葉がわかる」ってことになったんでしょ。それからみんなと仲良くなったの。

永　そう、言葉が通じないことには……。そういう意味でいうと、ザビエルが来て教えを広めたといったって、言葉は両方がわからないはずでしょう？　にもかかわらず教えが広まるのは、僕、絶対におかしいと思う。だから景教だというのが今さん。

瀬戸内　キリスト教が中国に渡って、景教といわれ、その景教が仏教と一緒に渡来したという話ね。

永　そうです。すでにキリスト教は日本に入っていて、そこにザビエルがやってくる。その山の向こう隣にはキリストの墓もあることだし（笑）。

瀬戸内　私はね、こっちへ来て本当にいいなと思うのは、山が低いんですよね。車で走っててわかるようにとてもなだらかでしょう？　こういう岡のような山が続いてると、これはとても懐《なつ》かしくていいなあ、と思うんです。

永　そうですね。それから、ここからさらに北へ行くとある、世界文化遺産になってる白神山系というのもなだらかなんですね。

天台寺晋山《しんざん》十年、檀家《だんか》のことなど

瀬戸内　天台寺というのは、もともと土地で「御山《おんやま》」と言うぐらいですから、昔の人は本当に山を尊敬してたんですね。そこに聖なるものがいる、と。安比川なんていうのは、アッピ、アイヌ語ですわね。だからアイヌがいたんでしょうね。それで、そういうカムイがいました山を皆が尊敬してたら、そこへ南から、中央政権がやってきて占領した。東北では神社があるところには全部毘沙門天《びしゃもんてん》が祀《まつ》ってあるんですよ。

毘沙門天というのは、戦いの神様でしょう？　ですから、攻めて来るのを防ぐわけですね。天台寺も毘沙門堂がいちばん大きいんですよ。ということは、昔はやっぱり守りの城だったんですね。

それと、修験《しゆげん》道の山なんですよ。だから、修験道なんて、私たちは深い山を想像するのに、こんな低い山でもいいのかな、という感じなんですね。修験道の山であるということは、まず水が要ることでしょう？　御山は桂《かつら》の木が多いから、桂の木の下には泉が湧《わ》きますね。それで水があった。

永　広葉樹でないと、水は保てませんものね。桂の木ってそういう木なんだ。

瀬戸内　はい。それで、桂はだいたい、神が降りて来た木でしょ？　お寄りましの木ですから。桂の木が天台寺はとても多いんですよ。それで、「桂の泉」……、うちの観音様は桂泉《けいせん》観世音というんです。桂の木の一木彫りなんですよ。とても素敵なんです。

永　それはだけど、今さんがご住職を兼ねる前……。

瀬戸内　もうずっと前。

永　住職もいなくて、観音様はそこに残ってたんですか？

瀬戸内　残ってたの。

永　盗まれないで？

瀬戸内　はい。盗まれないで。今、それははっきりしないんですけど、一応皆は、お薬師様と言っている仏様がいらっしゃるんです。それはもしかしたら大日如来《にょらい》かもしれない。わからないんですよ。もうボロボロになってるんですけど。それをこないだ病院に入れまして、一年ぐらいして帰ってきたところなんですけど、元のまんまにして、これ以上腐らないように、ということをしてもらったんです。それがとっても面白いお顔をしてるの。あたしに似てて、ペチャッとして、鼻が低くてね（笑）。なんか、誰かに似てるなぁ、と。私ははじめ母に似てる、と思いましたよ。ということは私に似てるでしょう？「あ、これはここにいてもいいな」という気がした。そういう仏様がいらっしゃるんですよ。
　鼻が欠けてるんですけど、それは廃仏毀釈《はいぶつきしやく》の時にやっぱり土の中に埋めたんですって。

永　なるほどね。この東北まで廃仏毀釈は来てるんですねえ。

瀬戸内　そうです。それに、私はここへ来て盆踊りに行ってわかったんですけど、盆踊りの太鼓が、長い太鼓で、腰につけてこうやって叩《たた》くんですよ。これって、韓国でしょう？　それからね、踊りの振りが非常にゆっくりしてて、手がこういうふうで足先をピュッピュッとはねる。これも韓国でしょ。だから韓国の人が来て、文化が広まったんでしょうね。豊かになったんでしょう。漆も塗り方なんかは教わったんじゃないかしら。

永　ひょっとして銅鑼《どら》は？

瀬戸内　鳴らします。やかましく(笑)。
永　京都に太秦がありますね。
瀬戸内　どうして「うずまさ」って読むのかしらね。
永　……あとで調べます(笑)。
瀬戸内　渡来人の秦氏《はたし》の秦よね。
永　神奈川に秦野《はだの》というところがあって、ここに水の江瀧子《たきこ》さんがいるんですが。
瀬戸内　まぁ、ターキーさん。
永　秦野の葬式がまさに朝鮮なんですよ。白衣で、銅鑼を鳴らして……。水の江さんが、面白いから来てごらんって。同じ話なんでびっくりしています。
瀬戸内　永さん、水の江さんの生前葬をしたのよね。
永　はい。その水の江さんから、三回忌やるからおいでって(笑)。
瀬戸内　へぇ……朝鮮文化がいろいろな形で日本に残っているのは当然だけど……面白いわねぇ。
　秋田あたりに船が漂着してきて、どんどん奥へ入ってあそこへ居ついたんじゃないでしょうかね。

永　今は、同じあたりから拉致《らち》する国があったりして……いつのまにか日本人がアチラに行くんですから、アチラだっていつのまにか……。

瀬戸内　今日は永さんを案内するんだから楽しいけれど、初めてここに来た時は、こんなに山の奥に入るのかと思って不安になったわ。

永　初めてが？

瀬戸内　今、晋山満十年をすぎ、まあ見ちがえるように復興しました。なんでこの復興ができたかというと、来て以来私は一銭もお金を寺から取ってないんです。それでできてるんだと思うんですね。檀家の人たちのためにとか、町のためにとか思ったら腹が立ってできません。こんなこと（笑）。だけどね、観音様に呼ばれたんだと思ってるからできるんです。檀家は二十六軒だったんですけど、今二十七軒なんです。とてもなり立たない。もう仕様がないから戒名代もタダにしています。院号つけた立派な戒名ですよ（笑）。

昭和二十八年に、年輪千年というような杉の木を千三百本伐採して売ってるんですよね。バカな人がいましてね。そのためにもさびれたんですね。そこで次の木を植えたって間に合いませんでしょう？　もちろん植えてはいるんですけどね、私は、紫陽花《あじさい》を京都から持ってきたんです。千株持ってきたのを増やしまして、今は二千株ぐらいで、紫陽花がずっと咲いてるんです。こっちはまだちょっと早いですけど、七月も、八月も紫陽花で綺麗《きれい》なんですよ。

永　これ、何気ない道でいいですね。

瀬戸内　いいでしょう？　ここ好きなんです、私。私の子どもの頃、大正時代がこんな町でした。

永　そうでしょうね。

瀬戸内　大正時代に帰ったようで。これが浄法寺のいちばんいい通り(笑)。浄法寺銀座(笑)。

ここが町役場ですからね、「日本一小さい町役場」って私は笑うんですけどね、この町は全く欲がない。食べられればいいという考えね。それ以上無理をしないって、これはいいことですけどね。たまに「せっかく寂聴さんが来たから、頑張って何かやろう」と言っても、皆が足を引っ張るの。「そんなことしないでいい」って(笑)。だから、十年すぎてもちっとも発展しない。こんな珍しい所、ないですよ。

永　これは難しいことで、いい人であっても余所者《よそもの》って警戒されるじゃないですか。尊敬されると同時に、ある種警戒されるというところがあって……。

瀬戸内　尊敬なんかはじめからされてませんよ。「あれは賽銭《さいせん》泥棒に来たんだ」とかなんとかって（笑）。賽銭、ないくせにねぇ、そんなこと言ってるんですよ。「瀬戸内寂聴っておめぇ知ってっか？」「知らねぇ。三波春夫だったら知ってるだ」なんてやってるんですから。私が聞いてないと思って（笑）。そんなとこだったんですよ。この頃、やっといくらか私によくなったんですね。

それと、子どもたちが外に働きにいきましょう？　そうすると、お前どこから来たんだと聞かれて、浄法寺というのが恥かしくて言えなかったんですって。誰も知らない所だから。で、黙ってたんですって。それが、この頃は「天台寺のある浄法寺」というんですって。「ああ、寂聴さんのいるとこね」って、とてもそれがいいって言うんですよ。それだけでも私は「ああ来てよかった」と思うの。それくらいですよ、いいことは（笑）。

それから、この道が広がったでしょう？　これは私が来たからです。橋をつけ替えたために道が広がったんです。あとは、温泉を掘れば私の役は済むんですよ

（笑）。私が死ねば、次からはまた人が来なくなりますからね。その準備をしておかなきゃいけない。

でもね、田舎の人は素朴だというけど、そうは言いきれない。だってそうしなければ生きてこられなかったの。ほんとにそう思いますね。人を疑って身を守らなければ生きてこられなかったんですよ。

永　民俗学のほうでいうと、最初に入ってきた人にやさしくする人というのは、その集落の中で浮いてる人で、皆が歓迎したら、それは早く帰ってもらいたいから歓迎してるんだと。この二つを押さえておかないとうまくいかないんですね。

瀬戸内　この橋です。「橋渡り」というのをしましたよ。それで、この安比川《あっぴがわ》が綺麗でしょう？　私が、あんまりもったいないと思って、そういう習慣はなかったんですけど、お盆の十六日に精霊《しょうりょう》流しを始めたんです。最初は檀家だけで、流すものが二十六しかないのね。それがだんだん増えまして、今はもう六、七百になってきたんですよ。そのあいだ、私が川っ縁でお経をあげることにしたんです。二十や三十ならあげられるけど、六百にもなると声が嗄《か》れてきちゃって（笑）。だからそろそろテープかな、と。

永　この紫陽花がずっとそうですか。

瀬戸内　ええ。もう公園みたいになっちゃったでしょう？　それがいいことか悪いことか、ですけど。こんなものができまして、お水が流れて……。この道が本当の道で、それを全部直したんです。それは、町がしてくれて、この頃では国もしてくれて、そういうことができるようになった。それだけここに全国から人が集まるからです。

それで、去年トイレを国が作ってくれまして、それがとても立派で、庫裏《くり》より立派で、私は書斎を移したい、と(笑)。

これはタバコ。このへんはタバコで食べてるんです。タバコの生えてることなんて知らなかったんですけど、この頃はお天気が気になりましてね。「あ、今年はタバコは駄目かな」とかね。

永　たくさんの人がいらした時の駐車場というのは？

瀬戸内　それを作ってるんですよ。法話の日は三つの町が車で動かなくなるんです。私が話をする日は三千人、五千人と集まりますから、そのために駐車場の土地を借りたりしまして、三つ、四つ作ってるんです。上にも一つあるんですけど、それはお金を出して檀家の人から借りてましてね。
あれはタバコを干すところですね。
道は、もちろん土の道だったんですけど、車が通るから、私が来てから町が舗装したんです。本当は、参道は向こうなんですけど、私が「これだけのいい仏様のお寺に、まんいち火事があった時に消防車の通る自動車道路がないのはけしからん」と、これを無理に作らせたんです(笑)。それで、通っちゃいけないって言ってるけど、皆通ってるの(笑)。

永　天台寺そのものの土地は、山も含めて相当……?

瀬戸内　ええ。六万坪とかいってましたよ。

永　杉を切って売ったのは別として、土地は売らなかったんですね。

瀬戸内　土地は売らなかったんですけど、でも印鑑を取られて、住職はどぶろくで酔っぱらわされて。土地も他人のものになってたんですけど、それを取り返すのが大変だったんです。やっと取り返せたんですよ。メチャクチャなんですね。
千三百本って、昭和二十八年なんですよね。その時は、もう割り箸《ばし》みたいな材木でも飛ぶように売れた時でしょう? だからそれはもう、すごいお金なんですよ。

その木を全部下ろすのに三年かかったというんです。そのために参道が全部駄目になっちゃったんですよ。引き下ろしたからね。そうして、それを実際に切った人が、全部ケガしたり、死んでいってるんですよ。で、それを命令した人が狸《たぬき》御殿みたいな豪邸建てているんですよ（笑）。だからやっぱり、悪い人は栄える。不条理の世の中です。だから宗教がいるんです。

永　「許可無く露店を出すこと」はいけないと書いてあるけど、露店が出るぐらい人が出るわけですね。

瀬戸内　出るんです。いっぱい出るんです。ハイ着きました。

長慶天皇と天台寺

車中対談が続く内に天台寺到着。

山門の脇《わき》に鐘楼、正面に本堂、右手に庫裏と続き、その背景には山の道が……。

○

瀬戸内　（運転してくれた人に）ありがとう。
永　どうもお疲れさまでした。
瀬戸内　鐘を撞《つ》いてくださいません？
永　はい。まずは今先生に。
瀬戸内　あ、沙羅《さら》の花。あんなに咲いてる。ここの人たち誰も沙羅と知らなくて、私が来てから「あら、沙羅の花だ」って。比叡《ひえい》山の浄土院のより大きいですよ。これが今先生の記念碑。
　今先生が亡《な》くなった後、奥様が鐘楼と宝物館を寄附して下さって……。
永　今先生は、紫陽花に囲まれてるんですね。
瀬戸内　とにかく紫陽花がいちばん丈夫だから。それに咲く時が長いでしょう？
永　あちらの建物は？
瀬戸内　あれがトイレ。
永　えっ?!

瀬戸内 立派でしょう? 国が作ってくれたの。東屋《あずまや》はこの奥に、私が「思い出のこみち」というのを作りましてね。ちょっといいとこですけど……。

永 へぇ、ちょっとした公園になってるんですね。夜は淋《さみ》しそうだけど。

瀬戸内 あたし平気なんです。とってもここの夜好きなんですよ。狐《きつね》や狸が来るんですけど、本当に怖くないの。私の寂庵《じゃくあん》も、隣がお墓なんですよね。皆「怖いだろう」っていうけどね……。

夜になると、お墓からいっぱいいっぱい幽霊が出てきて、寂庵でダンスしてるような気がするんですよ。なんか、気配があったかいんですよ。ここもそうなんです。ちっとも怖くないの。皆、帰ってもらって、夜はたった一人でここで寝るんです。

ここは霊気、気があるから、来ると元気になります。あの花も、私が来たあとで植えたんです。とにかく草茫々《ぼうぼう》だったんですよ。で、次から次へしなきゃならないことが出てくるんですね。よくまあ今までこれを放っておいたもんだ、と思うぐらい。やってもやっても出てくるんです。庫裏なんて化け物屋敷みたいだったです(笑)。

○

この日は瀬戸内さんの説教がある日で境内にはその準備の人や遠くから早目に着いた人達が来ていた。

瀬戸内さんはその一人一人に明るく挨拶《あいさつ》をする。

○

瀬戸内 (来訪者に向かって) いらっしゃい!

永 早くからいらっしゃるんですね。どうも……。

女性 永六輔さんじゃいらっしゃいませんか。

永 はい。

女性 やっぱり。

瀬戸内 ホンモノよ。おがみなさい(笑)。さぁ、鐘をつきましょう。

この鐘は、やっぱり皆がお金を集めて作って、この鐘楼を今先生が作ってくれました。一千万円の中で。

永　じゃあ、この鐘は新しいんですか？

瀬戸内　新しいんです。岡本太郎さんの鐘を造った人と同じ人の作でした。偶然だけど。でも、いいでしょう？　ほんとにいい音なんですよ。

永　僕は今さんに教わりました。「一里鳴って二里響き、三里渡るのが名鐘」と。

——鐘の音——

瀬戸内　どうする？　鐘の音は活字にならない（笑）。

永　ゴォ〜ンと書いておきましょう（笑）。

——ゴォ〜ン——

永　じゃ御本堂にお詣《まい》りに……。

瀬戸内　どうぞ、どうぞ。この正面が薬師仏。丈六です。メートルでは感じがでません。足袋なら九文三分。この方が足の小ささが何となく自慢できます。

この丈六、一丈六尺の仏さまを修理しました。バラバラになっていたのをくっつけたんですけど、鼻は欠けたままにしてくれと言って、直さなかったの。顔が白いのはね、誰かが勝手に白粉《おしろい》を塗ったんですって（笑）。紅なんかも……。

この後ろに立派な厨子《ずし》がありますね。それは、この浄法寺町というのは、昔から漆で日本一の町です。だから厨子も立派な漆塗りなんです。昔はここは、東北の観音巡礼の打ち上げ場所でした。最初は一番だったんですけど、終わりに三十三番になりましてね、いかにたくさんお参りしたかって証拠はホラ、そこからお賽銭を投げるんですね。昔の硬貨は立派でしたからお賽銭がピューッと飛んで奥の厨子の漆の扉まで当たるんです。だから、扉が絣《かすり》のような傷だらけになってるんですよ。今は、アルミのお賽銭なんで、このへんに落ちますから届かないけど(笑)。

瀬戸内　ア、一円玉が落ちてる。今時、一円で御利益《ごりやく》があるなんてねぇ。

永　ねぇ。そう思うわよねぇ。勿論《もちろん》ちゃんといただきますけど(笑)。

瀬戸内　この周囲の絵馬は古いんですか?

永　これいいんです。みんな古いものばっかりなんです。

瀬戸内　だって、このあたりは南部馬の産地なんだから、本当の馬を納めるかと思って。

永　本当の馬を納める子孫が一円玉を投げますか(笑)。

瀬戸内　あぁ、いいお位牌《いはい》が並んでいる。

永　ここに長慶天皇のお位牌が、真ん中にありましょう? それからその横に、長慶天皇の一門一統のお位牌です。今先生のお位牌もそこに。これが檀家《だんか》全部のもの、わずかこれだけなんです。

永　お檀家と、今先生と、長慶天皇だけ。

瀬戸内　はいはい。

永　お檀家のお位牌が並んでいるところがいいですね。

瀬戸内　そのお檀家に私が、お盆に行かなくちゃいけないと思いまして、私が行くと皆嫌がるんですよ。「来なくていい、いい」って言うんです。「やっぱり、住職としては行かなきゃ」って、無理に行ったんですよ、私（笑）。生活がとにかく知りたかったし、無理に行ったんですよ。そしたらもう、迷惑そうな顔をしてね（笑）。「なんで嫌なの？」って言ったら、「来られると御布施《おふせ》包まなきゃ」って（笑）。皆で相談して、一律千円でした。そしたら、いちばん生活が苦しいところが二軒あって、そこは逆に二千円入ってました。涙が出ましたよ。

永　自分の家のお位牌が御本堂に並んでいるというのは、いいですねえ。

瀬戸内　いいでしょう？　「私が行くのがそんなに嫌なら、お盆にここへ来い」っていって、皆とここで一緒に拝むんですよ。それもいいですよ。

ここはやっぱり南部ですからね、鳴り物がいいんです。この小さな鐘。

――チ～ン(鐘の音)――

この音色と風格、この色の良さ、「さすがに南部だなあ」と思ってね。そしたらそうじゃないんです。汚れてて磨いたことがないから真っ黒だったんです(笑)。

永　教会はオルガンや聖歌隊の声が響くような建築になっていますけど、仏教の梵《ぼん》鐘《しょう》、鐘、木魚、拍子木、これもいい音なんですよね。読経《どきょう》の声、声明《しょうみょう》も。

瀬戸内　そういうものを梵音《ぼんのん》といいます。「出離者は寂なる乎《か》梵音を聴く」といって、私の寂聴はここから出来ています。ここは銅鑼《どら》もあるのよ。

檀家が今は二十七軒、私が来てから六人亡くなりました。お葬式もして。でも、お葬式が下手なの(笑)。あんまり下手だから困ってるの。いくらか慣れてきたら「住職だいぶうまくなったな」って(笑)。

中に銅鑼を叩《たた》くのがあるんですよ。「おう、今日はうまくできたな」といってくれると嬉《うれ》しくなって、銅鑼をジャンジャンジャンジャン数以上叩くんです。「叩きすぎじゃないのか?」なんて(笑)。

永　このあたりには他にお寺が無いんですか。

瀬戸内　曹洞宗《そうとうしゅう》なんですけど、そこは人口六千の町で千五百軒の檀家があるんですよ。つまり町全部ってことですね。

永　千五百対二十七……。

瀬戸内　檀家の数字で比較しないで下さい。でもそのお寺、はじめからとてもよくして下さるんです。有難いです。今日だって三千人ぐらいがここに集まるんですから。

永　この本堂を背にして善男善女にお説教をするんですか。

瀬戸内　そうよ。重要文化財を背中にして。

永　そりゃ有難いですね。

瀬戸内　でも、もう根太がグラグラしてて、ちょっと危ないんです。来た時にはもう屋根が漏ってたんです。それでまず屋根を葺《ふ》いたんですよね。そしたらその後でこの本堂も重要文化財に指定されたの。もうちょっと待ってれば（笑）。

永　国が直すのにね。

瀬戸内　それで、下も直したいと言ったら、それはもう大変で、重要文化財になった以上は大変なことで、向こうがやってくれるんですけど、それはいつのことか……。ちょっと危ないですけど、持つんですねぇ、木造というのはね。

永　しっかりした木ですものね。宮大工に三百年の樹齢だったら三百年以上耐える建物にしなきゃ失礼だという人がいました。

瀬戸内　長慶天皇が亡くなって六百年ですから、その後でしょうけど、三百年以上は経《た》ってますわね。

それからお神輿《みこし》があるんです。長慶天皇のご命日にお神輿がまわるんです。ご命日って、わからないんですけど、だいたい五月五日あたりらしい……。それはなぜかというと、六百年祭で、去年知らないでいたら、嵯峨野の長慶天皇の御陵で六百年の大祭がありましてね。あそこは百年ごとにお祭りするんですって。その六回目がありましてね、京都中の門跡が全部集まって、すごいんですよ。勅使も来て。大変なお祭りなんですよ。それを私は知らないで、向こうが六月四日なんですけど、その前の日に私は何も知らないでお墓を直して、卒塔婆《そとば》を建てたんですよ。そしたらそれがちょうど御命日なんです。

永　へぇー。

瀬戸内　だから不思議ですね。そういうのは、なんでしょうね。私はそういうの信じない方だけど。

永　信じる方かと思ってた。

瀬戸内　信じない方なんです（笑）。

永　そちらが庫裏《くり》ですね。

瀬戸内　ここも修理して大変でした。

○

庫裏にお邪魔してお茶を一服。
奥の間が書斎で、『源氏物語』のゲラがひろげられていた。

○

瀬戸内　私、ここに入る時に、寺に一銭もないから一千万銀行で借金して持ってきたんですよ。それくらいはしなきゃ、と思いまして。だから、見合いをしないで結婚して、結納《ゆいのう》をもらわないで持参金を持ってきたって、私、言うんですよ（笑）。
これ、いいでしょう。この壁の伎楽面《ぎがくめん》を見てください。

永　はあっ！　伎楽をやってたんですか。
瀬戸内　大昔からやってたんです。だから文化は高かったんです。
永　そうすると、当然衣装も楽器もあったんでしょうね。
瀬戸内　そうです。ただ、記録が何も残っていないのよ。売っちゃったか、盗んでいったか、このお面だけが残っていたの。
永　このお面も、よそから盗んできたとか（笑）。
瀬戸内　記録が無いって強いのよね（笑）。
永　……僕、そろそろ。
瀬戸内　盛岡まで一時間ちょっとだからうちの車で送りますよ。
永　自家用車があるんですか。
瀬戸内　最初、町長が、知事さんの乗ってた車を下請けしてもらって七万円。それが「日本一安い車」って週刊誌に載ったぐらいなんですよ（笑）。それにずっと乗ってたんですね。それがあんまりもうダメになって動かなくなったんで、去年買い換えて、それがございますから、いつでもお送りいたします。
永　この続きの対談は、寂庵にお邪魔しますね。対談の場所が移動するのが面白いから。

瀬戸内　ただ散漫になるわね。

永　向かいあっても散漫ですよ（笑）。

女性　お蕎麦《そば》でも……。

永　僕はもういいです。時間がありませんから。

瀬戸内　浄法寺蕎麦って、有名なの。

永　帰る話が出てから、食事を誘わないで下さい。

瀬戸内　いいじゃない。喰い逃げすれば（笑）。

永　別に逃げるわけじゃありません（笑）。

女性　じゃ、御用意します（退場）。

永　今の方、きれいな方ですね。

瀬戸内　……私にそんなこと言ったことある？（笑）

永　ありません（笑）。瀬戸内さんは愛らしい方。

瀬戸内　私は、きれいっていわれたい（笑）。今の御婦人は天台寺の事務をみんなやって下さるんです。執事長の奥さんです。俳句もなさっているの。

ここで俳句の会をしてるんですよ。黒田杏子《ももこ》さんの天台寺俳句会。

永　寂庵《じゃくあん》でも句会はなさってますね。

瀬戸内　ゆっくり召し上がって大丈夫よ。その分自動車を飛ばせばいいんだから(笑)。

永　いやですよ。蕎麦喰って死ぬのは(笑)。

瀬戸内　ホラ、きれいな人が来ました……。

女性　どうぞ。

永　いただきます。浄法寺のお蕎麦というのは、ざるでもあたたかい汁《つゆ》のお蕎麦なんですか?

瀬戸内　熱すぎませんか? 冷ましてください。

――柱時計の音――蕎麦をすする音――

瀬戸内　柱時計の音、いいでしょう?

永　いいけど落ちつかない(笑)。本当に、三々五々集まり出してますねえ。

瀬戸内　これが時間になったら、ワーッと押し寄せるような感じで人が増えるの。

永　じゃ、その前に帰らなきゃ。

瀬戸内　忙しすぎない？

永　瀬戸内さんに言われたくない（笑）。

瀬戸内　でも天気がよくなって良かった。

永　そういえば昨日は雨でしたね。

瀬戸内　祈ったのよ私が。エイッて！（笑）

永　何だか呼ばれているような気がした（笑）。

瀬戸内　それで雨があがったの。

永　だんだん神がかってくる（笑）。

男性　お車の用意が出来ました。

永　じゃ本当に残念だけど、失礼します。

瀬戸内　惜しいなぁ。この境内が人で埋めつくされるのを見せたい。

永　この境内一杯に敷いてあるゴザで見当がつきます。

瀬戸内　このゴザがね。

男性　あの、お車の用意が……。

瀬戸内　いいのよ。飛ばせばいいんだから(笑)。

永　このゴザが？

瀬戸内　座ってみたら痛いんですよ(笑)。それで私が、十年記念に座布団《ざぶとん》を用意しましてね。なんでこんなに一生懸命するかって、時々不思議になります(笑)。だけど、これはさせられてるんですね。観音様に動かされてるんですよ。でも、十年間よくやったと思って……。

永　じゃ、観音様によろしく。その内に「エイッ」ていうと座布団が並びますよ(笑)。

瀬戸内　「エイッ」というと永さんがまた来たりして(笑)。

永　じゃ、今度は寂庵で「エイッ」と。

瀬戸内　早く行きなさいよ。車が待ってるんだから(笑)。

永　……。

間奏——父 永忠順《ちゆうじゆん》

東京に戻って、あらためて、父がいないことが残念だった。

瀬戸内さんが「源氏物語」の現代語訳をするという話があった時に、「よかった、よかった」と言っていたので、出版される度に、父の位牌《いはい》の前に艶《つや》やかな瀬戸内源氏を並べた。

その父の句をとても喜んで下さったので、この対談の休憩時間のつもりで紹介すると……。

水仙や　瀬戸内晴美尼御坊
尾を立てて猫の子ながら猛《たけ》るなり
憎むべしこの落雀にして餌を受けず
皿に置くさざえの角のすべりけり

老骨に袈裟《けさ》の軽さよ洗いめし
美しき人が毛虫を焼きいたり
香水や　なになかなかに勝ち気な妓《こ》
セルを着て　予後の心得聴き居たり

純白の角封筒や今朝の秋
秋蝶のとまらんとして吹かれけり
秋風はつめたし老いる膝《ひざ》がしら
ちちろ鳴く夜の老妻の老婆心《ろうばしん》

茶毘《だび》の間を寄るかりそめの火鉢かな
手袋の片方ついに見つからず
山茶花《さざんか》や　妻をたよりの昨日今日

こうしてみると、いかにも浅草の粋《いき》な僧侶《そうりよ》の姿が浮かんでくる。

浅草や　酔えば女は足袋を脱ぎ

どこか寂聴尼の色気と共通するところがあり、寄席《よせ》通いを楽しみにしていた父の晩年がなつかしい。

その父、永忠順は、いろいろな著作を残して亡《な》くなった。（一九九〇年）

父の亡くなった日、不肖の倅《せがれ》は、父の死を俳句でまぎらわしていた。

行く秋にあと二三日の寿命とか
秋扇たたんで無言　見舞い客
病棟の夜長家族の声ひそか
心電図とまって菊の香どこからか
ほっとした母の横顔秋寂し
秋の花添えて柩《ひつぎ》の届きけり

硯《すずり》洗い筆をおろして位牌書く
この秋の父の名　十七世釈忠順

Ⅱ　寂　庵（京都嵯峨野）

「源氏物語」vs「平家物語」


春の奥州天台寺から、夏の京都寂庵《じゃくあん》へ。

僕は慣例の宵々山コンサートのゲスト三波春夫《はるお》さんを寂庵へ誘っていた。

三波さんは瀬戸内さんと逢《あ》えることをとても楽しみにして下さった。

ちなみに三波さんは「平家物語」という大作を発表しているので、この対面は源氏対平家ということにもなる。

爽やかな夏の緑に包まれた寂庵。

約束の時間、庵主さんもニコニコと迎えに出て下さっていた。

○

瀬戸内　まァまァまァ。
三波　三波春夫でございます。

瀬戸内　まァ！　舞台の御挨拶《あいさつ》みたい。まァ、三波さんが寂庵に！　まァ！
永　僕もいますが。
瀬戸内　アラ、いたの（笑）。
永　……いたのって。
瀬戸内　いいのよ。ついでにどうぞ……（笑）。

○

庫裏《くり》の座敷に案内されると、お二人はあらためての御挨拶。
それも手を取りあっての喜びよう……。

○

永　僕は瀬戸内さんが、三波さんを余り好きでなかったらどうしようと思ってました。
瀬戸内　何をいってるの。大好きなのよ。昨日、永さんから三波さんをご案内するって電話があった時、とっても嬉《うれ》しかったのと、出来れば三波さんお一人で来て下さったらって思っていたの(笑)。
三波　いやぁ、庵主様の美しいこと。
瀬戸内　いえいえ、三波さん。あなたのお若いことといったら。
永　勝手にやって下さい(笑)。
瀬戸内　三波さん、これ見て下さい。私の作った仏様ですの。
三波　これは庵主様。なんと可愛《かわい》らしい。
永　手びねりですね。
三波　庵主様、今日お会いしたらお話しようと思ったことがございます。私の愛読書『古代日本正史』をお書きになった原田常治《つねじ》先生のエッセイの中に庵主様が登場なさっていらして……。
瀬戸内　あのね、原田さんという方は素晴らしい方でしてね。日本、いえ世界はだんだん温暖化して、今にひどいことになるって、三十年前におっしゃった。気が狂ってるんだと思って、誰も相手にしなかったんですよ。婦人生活社の社長でしたけど、皆さん「あの人、ちょっと頭がイカレてる」って言ってたんです。でも、それをしきりにおっしゃってたんですよ。御自分でいろんなものを何かお調べになって……。

三波　原田先生はお調べになる時に歩いていらっしゃいます。書斎、研究室ではなく御自分で歩く……。

瀬戸内　そう。「絶対に地球が熱くなる」っておっしゃったんですよ。御本もお出しになりました。亡《な》くなってから本当に地球はどんどん温かくなって……。

三波　まだ百年もあったかいのが続きそうですね。あの先生のお調べになったものでは。

瀬戸内　それでね、とてもフェミニストでしてね。女流作家の顔を見たらハンドバッグ下さるんですよ（笑）。

三波　よほどお気に入りだったんですよね。

瀬戸内　いや、私だけじゃないんですよ。女流作家は皆さん。他の女流作家も新しいハンドバッグ持ってて、「それ、もしかしたら原田さんからいただいた?」「そうよ、そうよ」って（笑）。あっちもこっちもいただいてるの。私、原田さん御夫妻にヨーロッパへつれていっていただきましたよ。大名旅行でした。

そうですか。原田さんのエッセイまでお読みになるんですか。

永　三波さんは僕に言わせると歌う学者なんですよ。

その読書量の凄《すご》いこと！

僕はずっと長い間歌い手の三波さんしか知らなかったんですね。おつきあいが始まってから、たとえば仏教とか仏様とか聖徳太子とかって話をしはじめると、底がない人なんです。なんだか変に詳しいんです（笑）。

だって景教の話なんか、ちゃんと説明して下さったのは今東光さんの次に三波春夫さんですから。

瀬戸内　まぁ、景教のお話まで……。私がね、東北の天台寺というところ、岩手県と青森県の境の、もうとても寂れたお寺へ行きまして、十年間参りましたんです。人口六千の小ちゃい町で。その町の人たちがね、「瀬戸内寂聴だって、知ってるか？」「んな、知らねぇだ。三波春夫なら知ってるだ」って（笑）。それでもう私は、その時に「なるほどぉ、三波春夫さんというのはやっぱり偉いんだなぁ」ととても感心したんですよ。

三波　永さんから伺いましたが、そのお寺様に長慶天皇のお墓が……。

瀬戸内　あるんですよ。南朝の三代目の天皇様ですから、ずっと幕府に追われましてね。海路を通って東北へ行って……。宮古という所がありましょ？　あそこもいらっしゃったんですね。

三波　やっぱりミヤコですか。

瀬戸内　そうなんです。それから五所川原《ごしょがわら》というのがございましょ。あれは御所なんですって。そこから、最後に山を越えて天台寺へいらして、そこで亡くなったんですよね。まあ、殺されたんでしょうね。

三波　でしょうねえ。

瀬戸内　そういうことでお墓があるんです。でも、あっちにもこっちにもあるんです。義経《よしつね》と同じで（笑）。

三波　私の新潟県の方にも静御前のお墓がありますよ。「当寺には静御前のお墓、それしかありません」というふうに……。

瀬戸内　静御前なんかもずっと追われて行ったから、方々にお墓が出来たんでしょうねえ（笑）。

三波　歴史を訪ねていくと、故郷《ふるさと》が見えるようですね。

実は「谷崎源氏」は買ったままなんですよ。寂聴先生だったら、これは読めると思って（笑）。

瀬戸内　皆さんがそうおっしゃる……（笑）。

三波　谷崎先生のは買って、読もうと思っても、ぜんぜんまだ手つけてないんですけど、先に「瀬戸内源氏」のほうを、ね。仏教がベースになっていると伺っていますので楽しみです。

瀬戸内　それはね、永さんのお父さまがね、『源氏物語』は仏教がわからないと訳せない」とおっしゃって、永さんに「お前、やれ」っておっしゃったの。でも、永さんが他のことばっかりしてるから、それでよかった（笑）。こんなライバルが出たら、エライことになってたわ。皆は永さんの源氏を買いますよ、そりゃあ。

若さの秘訣《ひけつ》

三波　しかし庵主様、すごい活動ですねぇ。

瀬戸内　でもね、私は今七十五なんですよ。三波さんはおいくつですか？

永　素直に言いなさいよ（笑）。

三波　七十四でございます。

瀬戸内　ね、一つお若いでしょ？　永さんがいちばんお若いでしょ？　だけど、私も永さんも飛び回ってて、どこへ行っても「お元気ですねぇ」と言われるんですよ。でも、今日はね、三人の中で三波さんがいちばんお若い。

永　そうなんです。

瀬戸内　ね。どういうこと？　その秘密を明かしましょう（笑）。

三波　摂生してるからでございます。行いが正しいから（笑）。

瀬戸内　私も永さんも、行い正しいものねぇ。

永　ええ。正しいですよね。

それで思い出した。昨日の夜、円山《まるやま》公園でコンサートがあったんですね。それが終わってから、祇園《ぎおん》のイッちゃん姐《ねえ》さんの所に行ったんです。

瀬戸内　ああ、よく行って下さいました。あの人は私の『京まんだら』のモデルです。

永　ところが、三波さんは昨日の夜が初めての祇園なんですって。そういう真面目《まじめ》な方なんです。

三波　（笑）。
永　ステージで歌っているか、部屋で本を読んでる方なんです。
瀬戸内　あらーぁ。祇園で鳴らして、祇園の女将《おかみ》さんなら誰でも知ってると思った（笑）。じゃ、お固いんですねぇ。
永　（力を込めて）固いんです（笑）。
瀬戸内　でも、歌ってると色っぽくて、そう見えませんね。
永　そう見えないでしょ？　それがね、固すぎるんです。で、ちょっと瀬戸内さんのところで柔らかくして（笑）。
瀬戸内　ちょっとモミモミしましょう（笑）。
三波　実は今東光先生が政界にお出になる時に、私の名前を貸してくれとおっしゃいましてね。それで、見事に当選なさいましたね。飛行場で会ったら、「いや、どうもどうも……」って。あの和尚《おしよう》様が、とても丁寧で。
瀬戸内　私のお師匠さんなんです。
三波　はい、伺っております。綺麗《きれい》な方が秘書についていてらっしゃいました（笑）。
瀬戸内　いつもいつも、亡くなるまで、そういうお気持ちはなくさない方でしたよ。

三波　そうですね。それはまたそれでいいんじゃないですかね。

瀬戸内　悪いことじゃない。ただこう、そばにいるだけなんですよ。それでね、川端康成さんが、「君は元気だね。どうしてそんなに元気か、秘訣を教えてくれ」って言われたんです。そしたら、「あまり年をとって火傷《やけど》するようなことをしちゃいけません。我々の年になったら、ストーブでいけ」って。つまり女の子に触ると火傷するから、女の子のそばでちょっと離れて当たってれば……（笑）。触っちゃいけないんです、火傷をするから（笑）。

永　うまい！

瀬戸内　「でも、どうも触ったらしくて、あいつは火傷した」なんて（笑）。

永　ほんとに三波さんは真面目、ストーブにあたりもしない（笑）。ひたすら読書と……、物書きなんですよ、今度、小学館から聖徳太子の本を書きおろしたりして。

瀬戸内　そう言われると、やっぱり歌ってらっしゃるお姿も、色気はあるけれども淫乱《いんらん》な感じはしませんものね（笑）。

三波　ありがとうございます。

瀬戸内　非常にすっきりとしてらっしゃるでしょう？　姿勢よくってね。そういう意味では、安心するじゃないですか、ね？　ファンに寄ってこられて、「わぁ」なんて触られませんでしょう？　恐れ多い感じがするじゃないですか。

いつから、仏教なんかにお気持ちが向かわれたんですか？

三波　そうですね、私ども、やっぱり浄土真宗でございまして、小さい時から母親が月参りで善光寺様へ。

瀬戸内　連れていかれて？

三波　はあ。ですから、そういうことで神様、仏様というのは子どもの時から環境がございました。

瀬戸内　癖がついてるんですね。

三波　はい。で、浪曲になりましたら、世阿弥《ぜあみ》じゃありませんけれども、七つから私は歌いはじめているんです。追分を習いまして、親父《おやじ》がしっかりと教えてくれたのを。これは腹式発声法でございましてね。

それから、やがて十六歳から浪曲になりましたら、伊豆の修善寺の監寺《かんす》役をやっていたのが私の叔父でございまして……。

瀬戸内　やっぱり、永さんと同じお寺さんの系統なんですね。

三波　そうしましたら、大変人気のあるお坊さんでしてね。町を歩いてると、皆こうやって合掌なさる。「あれ？　叔父さん、偉いんだな」と(笑)。

初代の中村吉右衛門《きちえもん》先生が、大変叔父のことを好きで、「兄弟分」なんて言っておられました。ですから、芸のことはよくわかっていました。「お前の浪花節《なにわぶし》は、なんかちょっとメロディが繋《つな》がっていないな。それは違う。お経だって、ちゃんとメロディが繋がっていくんだから、そこんとこを勉強しろ」と言われたことがありました。

舞台へ上がって浪花節をやってると、正面向いてますよね。そしたら叔父は、「そんなんじゃ駄目だ」っていうんですね。「お前が日本で知られるような浪花節語りになるには、仏様のように客席全部に目が行かなきゃ駄目だ。そこだ」って。それを言われた時にはもうほんとに冷や汗が出ましたが、真理ですね。

瀬戸内　だから聞いてるほうは、自分だけのために歌ってくれてるように思うんですよ。三波さんはそうですわね。手をこういうふうになさって(笑)。

三波　そうなんです。手を扇のごとく広げて。

瀬戸内　私、法話の時にやります。両手を広げて「皆さんよくいらっしゃいました」って（笑）。ねぇ。練習しよう。「これ、三波さんに教わったんですよ」って。そうしよう。

三波　そう。ホントに手を広げるというのは大事なことなんですね。

瀬戸内　でも、ホントにそんな気持ちになりますよ。「よくぞ来てくれた」ってね。

永　僕なんか、だから聖徳太子のお話なんか、どの本よりも三波さんから教わったことが多いんですよ。不思議な方なんです。

瀬戸内　なるほどねえ。最後に、頭を剃《そ》られませんか？　ねえ、お似合いになりますよ、衣が。

三波　お経をあげたら、きっと御布施《ふせ》がくると思います（笑）。

瀬戸内　いいですよぉ。お経をテープに入れてくれませんか（笑）。

三波　これは歌よりも売れるかもしれません（笑）。

瀬戸内　絶対売れます。三波さんのお経、解説永六輔でね。それから、あたしも何かお説教して。ちょっと、これ、やりましょう！

永　今日は三波さんは十一時の新幹線に乗らなきゃいけないので、ちょっと……。僕は残りますけど。

瀬戸内　嬉《うれ》しかった。ちょっと用意してきますからお待ちくださいね。

○

ここで瀬戸内さんの「源氏物語」と三波さんが持参した「組曲平家物語」がそれぞれ手渡された。

○

瀬戸内　永さんが帰って三波さんが残ればいいのに（笑）。
三波　あらためてゆっくりお話を。
瀬戸内　もう、お一人でいらっしゃれますね（笑）。
三波　はい。でも永さんが……。
永　気にしないで下さい（笑）。
瀬戸内　三波さん。
三波　はい。
瀬戸内　最後に教えて下さい。

その肌、何かパックしてるでしょう（笑）。

三波　よく寝るんですよ。本当に、「あなたはどうしたんですか？」なんて言われますけど、よく寝ます。それから何を食べてもおいしいんです。

瀬戸内　教えて下さい。タマゴのパック？（笑）

三波　やっぱり修善寺の叔父が……。

瀬戸内　いや、その肌は修善寺の叔父じゃないですよぉ（笑）。

三波　「眠りたい時にパッと寝られなきゃ駄目だぞ」と。自分が「寝よう」と思った時にスッと寝られない人は、まだまだ雑念があるからだなあ、と。

瀬戸内　ああ、そうですよ。私、いつでもどこでも寝られるんです。立ってでも寝られるんです（笑）。

永　僕も乗物では必ず寝ちゃいますね。

瀬戸内　そうですよね。乗物で寝てますと、ちょっと恥かしいからハンカチかけて寝てますでしょう？　するとね、よそのおばさんがね、ハンカチを取って「あらやっぱり寂聴さんだわ」って言うんですよぉ（笑）。

永　ひどいですね。

瀬戸内　でも、三波さんだって、町を歩いたらもう大変でしょう？

三波　いやそんなことないですよ。この頃大丈夫。

瀬戸内　寂庵《じゃくあん》は大騒ぎです。今日は光栄でした。

三波　どうもありがとうございました。庵主様、握手を。

瀬戸内　ありがとうございます。パワーをいただきます（笑）。柔らかい手！　あたくしもそう言われるけど……。ちょっと手相を……。あ、健康ないい手ですね。それからやっぱり純情ですね。浮気なんかなさらない手相ですよ。手まで本当にすべすべして……。パックしてるのね（笑）。

三波春夫さんの魅力

三波さんを送りだして再び茶の間に戻るが、興奮がおさまらない。

○

瀬戸内　天台寺でも、浄法寺の町でも、三波春夫に逢《あ》ったたって皆に話するんだ、あたし（笑）。

でも、やっぱり一筋で来た人というのはなかなかのもんですね。「お客様は神様です」っていう、あれは本当にそうですよね。私の法話なんかにいっぱい来てくれるでしょう？「全国から、よく旅費を払って来てくれるよ」と思って、ほんとに三波さんの言葉が出てきますよ。「ほんとに皆様は神様、仏様です」って（笑）。そんな感じですよね。本を買ってくれる人もそうです。顔を見てなくっても。

でも若いですねぇ。あの方きっと、週一くらいにんにくか何かのパックしていますね（笑）。

永　たしかに若いです。シベリア抑留を体験した方であの若さ、あの語り口は貴重ですよ。

そのシベリアから帰国して赤い浪曲師といわれた時代があって、レーニンを論じたりして。今はどちらかというと保守的に見られていますが、実は革新的な方なんです。

瀬戸内　私の義兄が、やはり抑留されましてね、なかなか帰ってこないんですよね。家が仏壇屋で養子で、父親が弟子の中から選んだわけです。帰ってこないから、家じゃ「何やってんだろう? 逃げてでも帰ってきたらいいのに」って言ってたら、向こうで大変大切にされたんですよ。

それはね、職人ですから木工ができますでしょう? それこそスターリンの煙草《たばこ》入れとか、そんなのを作らされるんですよ。それでとても大事にされて、皆には煙草やお砂糖をくれないのに、彼にはくれるんですって。自分は煙草を飲まないから、それを皆にあげてね。そういうふうにして可愛《かわい》がられて……。素直ですから、勉強を全部耳に入れたんです。最後に、昭和二十五年ぐらいになってやっと帰ってきて。私たちが迎えに行きましたら、こうやって船の上でみんなと腕を組んで革命歌を歌ってね。「われらの祖国……」ってソビエトのことといってるんです。

父はびっくりして、「あいつはもういなさんといかん」て。帰すということを「去《い》なす」って言うんですね。養子にもらったけど、仏壇屋であんなに赤くなったら困るって言ってたんです。しばらくずーっと共産党で大変でしたよ。その頃ですからね、映画や町のストリップ劇場のポスターなんかですごいのがあるでしょう? こういうこと夜中に墨汁を持っていきましてね(笑)、子どもを二人連れていって「こういうことは日本の恥だ!」なんて言って、おっぱいとあそこを黒々塗るんですよ。翌日になったら、かえって猥褻《わいせつ》に見えて（笑）。どこの痴漢がやったんだろうと思ったら、家の義兄がやってて（笑）。今はもう普通の、仏壇屋ですけどね（笑）。

永　僕、昨日の夜の三波さんにビックリしました。

円山公園の「宵々山コンサート」で高石ともやとか宇崎竜童とかの中に「入りませんか？」って言ったら「やります」っていうことで……。まず最初に、「今まで舞台で歌ったことがありません」といって抑留中に覚えたロシア語の歌を原語で歌ったんです。つまり、そういう時に共産党が戻ってくるんです。それでロシア語の歌を朗々と、無伴奏で歌ったの。無伴奏ですよ。

瀬戸内　すごいですねぇ。五十年も昔なのに。

永　そういうところの三波春夫というのは見えていなくて、派手な着物を着てニッコリ歌ってるところしか、皆さん知らないじゃないですか。そうすると、そういう三波は大嫌いという人がいっぱいいるわけですよね。

瀬戸内　あたし、好きですよ。だって一生懸命だもの。

三波さんはお酒は召し上がらない？

永　やらない。あの人は、お酒・煙草、とにかく身体《からだ》に悪いことは一切……。

瀬戸内　やっぱりね。それはもう摂生してるんですよ。夜はパックして（笑）。石垣綾子《あやこ》さんという方も、美しい方だったんです。戦後初めてソ連に定期航路ができましてね、全国から女の人が集まって、それに乗って行ったんですよ。その時に石垣綾子さんもご一緒で、初めてお会いしました。本当に美しいんですよ。それで「どうしてそんなに美しいんですか？」って。もうその時六十五ぐらいじゃなかったかしら。「瀬戸内さん、夜よく寝ることよ。八時間以上は絶対に寝なきゃ駄目。年をとっても寝なきゃ駄目。それからミルクをガブガブ飲みなさい」って。その両方とも、あたし出来ないの（笑）。だけども、それは覚えてます。

それともう一つはね、みんなペチャペチャ喋《しゃべ》るじゃない？　あの方、乗物に乗ると、さっと耳栓入れるの（笑）。それで本読むの。周りに気をつかわない。

永　そうですね。耳栓まで入れられちゃえば、逆に……。

瀬戸内　何事も自分本位です。そうするとあんなに美しくて長生きを……。

永　三波春夫さんがどう真面目《まじめ》かというのは、さっきがいい例なんだけど、瀬戸内さんのところにご案内しますよって、僕が言ったでしょ？　そうすると、何か瀬戸内さんのことが書いてあった本を彼は思い出したわけですね。それで原田さんの本の中から、全部書き抜いて……、メモをさっき持ってたでしょう？　スイスのジュネーブでどうした、スペインでどうしたって。そういう人なんですよ。

今東光さんのことも……、びっくりしちゃった。「こういうことを瀬戸内さんにうかがっていいでしょうか？」って。だから、お話してる時にメモを見ながら……。あの真面目さは、まるで学生ですよ。

瀬戸内　原田さんのことをおかげで思い出させていただきました。でも懐《なつ》かしかったです。奥様がとても優しい方で、原田さんと奥様と私と女の編集者とで旅行をしたんですよ。招待していただいて。

とにかく、原田さんという方は、「地球が熱くなる」ということを予言されたんです。ほんとですものねえ。

人間というのは、誤解と偏見で生きてますね。私なんか、ほんとに誤解されましたよ（笑）。でもね、やっぱり何でも一生懸命やってる人っていいですよね。

永　先日も古事記の勉強をなさってるというので「旧事《く》本《じ》紀大成経」という古事記の陰で偽書といわれている古文書が、黒瀧山不動寺にあるという話をしたら、勿論《もちろん》、その存在は御存知で、見に行きましょうと出かけて来ました。

歌手というより学者としてのおつきあいが面白くて、その博学ぶりを今東光さんは御存知だったと思いますよ。

瀬戸内　なるほど。それでわかってきました。今さんが選挙で三波さんの名前を借りたっていうことが。

永　だから、さっきいったように、いきなり三波さんと寂庵をお訪ねしても……。

瀬戸内　私はね、嫌いでもね、門を入ってきてくださった方は心から迎えるんです。笹川《ささがわ》良一さんね、亡《な》くなった。あの人、私嫌いだったんです。それでね、あの人をどうしても連れてきたいというのが中島六兵衛《ろくべえ》さんという、私の小説のモデルで、二人とても仲がいいんです。でも「笹川さんだけは連れてこないで」って言っておいたんです。そしたらある日ね、六兵衛さんが来たっていうから門を開けたら笹川さんがいるんです（笑）。それはもうしょうがない。お通りいただいて、それでいろいろお話したら、やっぱり面白いお話を……。面白かった。

「私は丈夫です」なんてね。その時にもう九十近かったんですけど、「両手をひろげて片足で立てる。瀬戸内さんできますか？」って見せたりね（笑）。無邪気なの。それで私がね、「真ん中の足はいかがですか？」って言っちゃったら、こんな顔なさって（笑）。とても愉快な方でしたよ。「私は、日本では嫌われてますけど、世界へ行けば、女王さまから女大臣、みんながおお、ミスター・ササガワって握手してくれます」なんて自慢して。面白かったですよ。

住井すゑさんとの因縁

永　笹川さんという人は、もちろん僕も嫌いな中の一人なんですが、住井すゑさんに、よくいろいろしてたんです。それを僕は住井さんから聞いてびっくりしたの。「どうして？」って。

住井さんがどこかへ出かけるとかなんとかっていうと、笹川さんの車が来て送ったりいろいろして……。

瀬戸内　あぁ、それは知らなかった。

永　だから、どっちが大物なんだろう？　と思いますよね。

瀬戸内　はーぁ。

て（笑）。
永　住井さんは「笹川を左翼にしてやろうと思っていたのに先に死んじゃって」っ

瀬戸内　住井さんは、私は因縁がありましてね。小説を書く前、少女小説とか童話を書いてまして、小学館でよく仕事してたんですよ。その時は、小学館で一枚三百円の原稿料なんですよね。忘れもしませんね（笑）。『幼稚園』から『女学生の友』まで書かせてもらう作家だったんです。「小学館作家」って言ってた。私はいちばんチンピラですけど、その人たちの中に住井さんがいたんですよね。そしてとても仲良くなったの。住井さんは、その時まだご主人がご病気で、お嬢ちゃんがまだ小さくて大変な時でした。それで小学館にどんどん童話を書いてらしたんですよ。「瀬戸内さん、ここの原稿料、安すぎると思わない？」って（笑）。私はわからないけど「よそはもっと高いようですね」って言ったら、「やっぱりね、値上げしましょう」って（笑）。それで原稿料値上げのストライキをしようということになって、小学館作家に話をしたんですよ。そしたら皆がね、「住井さんやりましょう、やりましょう」って。住井さん怖いですからね……。そりゃあの人怖かったですよ（笑）。それで、いよいよその日になったらね、来たのは住井さんと私だけなの（笑）。

それで二人が頑張ったってしょうがない。住井さんがそんなこと教えてくれて……。ずっとそれから仲良くなって、お家にもうかがいましたけど、お年を召してから。ほんとにすばらしい、いい方でしたよ。

永　ええ。

瀬戸内　ご立派な方で。

永　あの方は、あれだけ差別と闘ってらしてるのに、どっかで男のことを差別した方だと、僕は思ってるんですね。それはどうしてかって言うとね、「永さん、あんたを男にしておくのは惜しい」って（笑）。

瀬戸内　（笑）変な話！

永　「あんたが女ならなぁ」って言うんですよ。「それ、男を差別してるってことになりません？」って言ったら、「男なんてもんはあんなもんだから」って。面白かったなあ、あの方。

瀬戸内　立派な方でしたよ。

永　西光万吉《さいこうまんきち》さんの所に、僕は晩年ちょっと、他の方が行ってない時に通ってたんですね。するとそこに住井さんがいらっしゃるんですよ。『橋のない川』のこともあったりして。それでそこからのお付き合いだったんですけどね。西光万吉さんも、浄土真宗のお寺さんで、「水平社宣言」のことを最後までとっても恥かしがってい た、不思議な方でしたよ。あれだけの人権宣言をお書きになったのに。

瀬戸内　なんでかしら？

永　あのほら、戦争中に天皇制を認める……、つまり転向したでしょう。転向して、戦争が終わった時に自殺未遂で、そこからまったく屈折しちゃった方なんですね。で、そこにたまたま僕がうかがってたものですから。

ちょうど僕らの上の世代の方たちというのは、あの戦争で屈折したり、挫折《ざせつ》したり、転向したりした。僕らの世代は拷問《ごうもん》にあって考え方を変えるみたいなことはないじゃないですか。だから大変だったろうなと思う。そしたら、住井さんもそのことをいうんです。「永さんね、西光万吉が女だったら私は許さない」って。「でも西光万吉は男なんだから転向したってしょうがないじゃないか」って（笑）。

瀬戸内　小学館で書いてた頃ね、住井さんのあだ名「食用蛙《がえる》」って言ってたんですよ（笑）。

永　うまい！

瀬戸内　うまいでしょう？

永　うまい、これは。

瀬戸内　その頃はね、ほんとそうだったんですよ。それであの牛久《うしく》沼の辺、いるでしょ？　食用蛙が。

永　僕がびっくりしたのは、晩年はほんとに食用蛙だったけど、お若い時から食用蛙だったんだ（笑）。

瀬戸内　晩年はとてもいいお顔になって……、和やかな、お地蔵さんみたいですけどね。バリバリしてた頃はちょっと怖かったですよ。私はずっと優しくされましたけど。

永　僕は、ある時期おすぎだのピーコだのが言いだして「男のおばさん」と言われてた時代があるんですね。「あの人は男のおばさん」て。それが何かで、住井さんのところへいったわけですよ。「男のおばさんなんて呼ばれているようじゃ、まだあなたは駄目だ。ただのおばさんと呼ばれなきゃ駄目だ」って（笑）。

瀬戸内　そんなこと言われたって（笑）。

嵯峨野《さがの》径《みち》音頭

永　ほんとに僕が幸せだったのは、たくさんのそういう先輩に「間に合った」という言い方も変ですけど、実際に西光万吉さんにお会いできたこと、お話しできたことって、幸せですねえ。

瀬戸内　そう。人に逢《あ》えることが嬉《うれ》しくなきゃいけません。

私は、荒畑寒村さんや里見弴《とん》先生に親しくしていただけて幸せでしたよ。生きている藤村も見ました。明治の男ってどうしてああ、見栄《みば》えがするんでしょうね。

あっ、いけない。忘れてた！

私、三波さんにみて貰《もら》おうと思っていたものがあったの。

永　何を。

瀬戸内　歌よ、歌。私、作詞したの。その詞を見て欲しかったの。

永　……僕は昔、作詞家でしたけど（笑）。

瀬戸内　違うの。歌う人に見て貰いたかったの。

じゃ、永さんでもいい（笑）。
この詞が歌えるかどうか。

嵯峨野径音頭

春は嵯峨野の花の径
ほとけに花をたてまつれ
すみれ　たんぽぽ　れんげそう
さくらさくらの花あかり

夏は嵯峨野の灯《とも》し径
好きなあの子と二人づれ
千燈まつりの灯あかりに
見交す瞳《め》にも　灯がともる

秋は嵯峨野のもみじ径
かわいいあの子も頬そめて
二人の胸ももみじ色
ちょうちょ　とんぼも恋の舞

冬は嵯峨野の雪の径
竹藪《たけやぶ》わたる除夜の鐘
二人で聞けば寒くない
地蔵も揃《そろ》いの雪帽子

永　詩人なんだ！

瀬戸内　嵯峨野の地蔵盆に踊りをつけようと思って、この詞を書いて、三波さんに見てもらおうと思っていたのに、すっかり忘れちゃった。

永　いい詞ですよ。春、夏、秋、冬という構成が類型的ではあるけれど。

瀬戸内　ホラ、見せなきゃよかった（笑）。三波さんならいい気持ちにさせてくれるのに。

永　地蔵盆は？

瀬戸内　八月二十四日。

永　そこでこの詞に曲をつけて、盆踊りもしようと……。

瀬戸内　寂庵《じゃくあん》も仏様の前に、小さいお地蔵様に蠟燭《ろうそく》灯《とも》して、その晩は開けようということになって。

このあたり……嵯峨野は田舎なんです。ですから、お葬式なんかありますと、皆さん家でして、町内が全部行って、奥さんたちがいろいろするんですよ。そういう、ほんとに田舎。いいもんですよ。

それから、地蔵盆の日には、各家庭が持ち回りで子どもたちを呼ぶんですよ。お母さんたちが集まってきて、デパートで買い物してきて、お土産なんかあげるんです。寂庵は広いから、子どもたちが大喜びでしょ？　紙芝居したり、金魚すくいしたりしてね。ところが、だんだん子どもがいなくなりましてね（笑）。もう地蔵盆ができなくなりそうなの。

地蔵盆というのは、京都の各街角にお地蔵さんがありますわね。そのお地蔵さんに、皆が町内で集まって、子どもの地蔵盆ですから、子どものための小屋みたいのを作りましてね、テントなんか張って、そこで大人が子どもにサービスする日なんですよね。とてもいい習慣だと思うんですけど。それが子どもがいなくなってきたらね、できない。淋《さび》しいですよ。

永　それで盆踊り……天台寺だけじゃなくて、地元嵯峨野でも地域のために働いているんですね。

瀬戸内　私は、嫌なことは何もしません。この年になって嫌々するなんてつまらない。面白いじゃないですか。町内でみんなで踊るなんていうのは（笑）。

永　さすがに阿波《あわ》踊りの御出身。そうだ、僕は阿波踊りについてお願いしたことがありましたね。昔は三味線の音がとてもよかったのに、最近太鼓が主流になっているのはおかしいって……。

瀬戸内　阿波踊りはね、私、永さんのご意見をうかがってね、「太鼓ばっかりやるのか?」って怒ったんですよ。そしたらね、あれは三味線を弾いたりする人がだんだん亡《な》くなっちゃったんですって。そのためにああいうふうに、若い人たちが雇えないで太鼓だけしたんで、本来はちゃんとやってますって。それで今、一生懸命三味線とか笛の人たちを絶やさないように努力しておりますって、言ってました。ちゃんと私が怒っておきましたから（笑）。

永　でも、太鼓のほうが踊りやすいんですよね。若い人には。サンバと同じになっちゃうんですよね。

瀬戸内　今年は私ね、踊りに帰るんです。もうね、足腰立つのが今年ぐらいだと思って（笑）。

永　同じ阿波女でも、武原はんサンの舞なら見たいけれど……（笑）。

瀬戸内　永さん、お帰りです！（笑）いいんです。いろいろな方が遊びに来て下さるから。

永　……今の言葉はカットします（笑）。

五百一人目の乗客

瀬戸内　ほんとなのよ。寂庵にいるといろんな方が訪ねて下さるの。先日亡くなった勝新太郎さんも。

永　あの人も誤解されてましたね。豪快さと非常識の中に秘められた優しさ。その優しさに触れたことがあって好きでした。

瀬戸内　勝新太郎というのは本当にいい男で、好きでしたね。それでね、麻薬の事件が起こった後で対談があって、寂庵へ来てくれたんですよ。紋付き袴《はかま》で。びっくりしちゃって。「なんでそんな格好してるの?」「いやぁ、お寺へ来るからね」って(笑)。もうその時の対談が面白くて……。「先生、あの飛行機は五百人乗りなんだよ。ところがあの日は五百一人の乗客があったんだよ。その一人は誰だと思う?」「そんなのわかんないわよ」「お釈迦《しやか》さんなのよ」って(笑)。「お釈迦さんが、勝よ、これをやろうって言ってくれた」って(笑)。「そんなのを断れるか?」って。「ありがとうございますって、俺は押しいただいて、入れるところがないからパンツに入れたんだ」って(笑)。これはどこにも言ってないの。ほんとにおかしいでしょう?(笑)

私はその前に、玉緒さんと対談して、「玉緒さん、別れるんなら今よ」って言ったの、今別れたら、あなたは天下の同情を得てるから、誰もあなたが悪いとは思わないって。玉緒さんは「でも先生、わたし惚《ほ》れてまんねン」て（笑）。
永 そうなんですよねぇ。
瀬戸内 それはしょうがない。そしたら後日、勝さんから「玉緒に別れろと言うてくれましたな」って（笑）。
永 報告しちゃってるんだ（笑）。
瀬戸内 その対談の後で、私がご馳走《ちそう》するつもりで「勝さん、ご飯食べにいこう」って言ったら「行きましょう、行きましょう」って。勝さんがすぐ電話してつれて行かれたのがそこは一人三万円か五万円かする肉屋なんですよ。私は、「ひやー」と思ったけど「ま、いいわ」と思って肚《はら》を据えました。ところが勝さんは自分が払うつもりなのね。みんなにジャンジャンすすめて食べさせてる。そこへ、突然、ダークスーツの紳士がやってきたんです。「あ、来た、来た」って。「先生、これは大阪のパチンコ王で……」って。パチンコ屋のすごい金持ちで、若いけど、これが今夜は全部支払ってくれるって（笑）。
「瀬戸内寂聴先生に会わしてやると言ったら、大阪から飛んできました」って言うんです。それで、その人が本当に全部払うんですよ。私、あんまり悪いから、私が払うから祇園《ぎおん》へ行こうって、祇園へ繰り出したんですよ。そしたら「勝さんが来た」っていうんで、もうそれこそ昔なじみの芸者や老妓《ろうぎ》が、全部集まってくれたんですよ。すごいのね。その人気。

そしたら勝さんすっかり喜んじゃって、陽気にやったんだけど、後ろでマネージャーがいやーぁな顔してね。それでまたパチンコ屋に頼んで（笑）。パチンコ屋がそっと財布渡して、勝さんは後ろ手で貰って「おう！」とかって受け取り、皆に一万円ずつチップをやるんですよ（笑）。芸者たちも皆わかってるけど、それは貰わなきゃ恥かかせる。「ありがとう、ありがとう」って、祇園の芸者は心得てますからね。そうするともう、勝さん、いい気持ちになってるの。でも、それ全部パチンコ屋の払いなの（笑）。

その頃、伊丹《いたみ》までよくタクシーに乗ってました。タクシーに乗ると、運転手が「芸人にもやっぱりいろいろありますね」と言うんですよね。ドけちな芸人がいて、何十円のおつりでも必ず取るというのがいるし、「芸人の中でもやっぱり藤山寛美《かんび》と勝新太郎はちがいます。あの人たちは、三千円のところでも一万円くれますよ」って言うのね。そしたら、私は寂庵に着いて、どうすればいいのよぉ（笑）。「しょうがない、今日は勝新太郎並だ」って一万円渡さなきゃいけない（笑）。
私は藤山寛美さんも仲良かったですよ、似てましたね。二人とも男の中の男でしたよ。気っぷのいい。

永　特に借金の仕方、考え方。金は天下の廻りものでしょうが、なかなか実行は出来ません。
金に関して出てくる人間性には嘘《うそ》が無いような気がします。
僕は十円だって借りたくない（笑）。

瀬戸内　お金の使い方ねぇ。女でいうと淡谷のり子さんかしらね。

永　浪費を超えてます（笑）。欲しいものを手にいれるためにする努力は頭が下がりますね。

瀬戸内　お元気になるといいのにね。

永　僕はとてもいい光景を見たんです。若狭にある水上勉さんの一滴文庫で、水上さんが淡谷さんの「別れのブルース」を聞きたいって。しかも「ここで聞くことができるかな」って。それは何かといったら、水上さんがお寺を出て、寺に戻るか無頼の徒になるかという、考えを決める時にあの曲が流れてたんですって。京都のキャバレーかどこかで。それをもう一回聞きたいというんで、僕は何気なく淡谷さんに、「水上さんがそうおっしゃってましたけど」って言ったら「そこへ行く」って。あの人はまた、パパッと決める人なんですね。これは三年ほど前ですけれど、一滴文庫にご案内したんですよ。

そしたらね、駅へ……。たまたま金沢から行ったんですが、水上さんが車椅子《いす》を持って待ってたんですよ。淡谷さんは「自分で歩けるから車椅子は絶対にいやだ」と言ったのね。そしたらね、水上さんが「淡谷さん、私は車椅子を押すのは日本一だ」と。どうしても車椅子に乗ってほしいと言われて、淡谷さんはとうとう折れて乗ったの。それで、水上さんが淡谷さんの車椅子を押すのを見てたんですよ。いい光景でしたよ。それは。

瀬戸内　一滴文庫は車椅子が行けるように設計してあるんですよ。

永　そうなんです。とてもいい光景を見たな、と思って。

瀬戸内　よかったですね。あの方は私の小説が好きで、とても可愛《かわい》がってくださったんですよね。それでやっぱり対談してるんですけど、あんな面白いことはなかった。

演歌歌手に火をつけるって言った頃（笑）。今から三十年も前よ。あの頃から言ってるんです。「瀬戸内さん、この頃の演歌の歌手はなんですか」って怒るのね。その時に、ある可愛らしい歌手が、わりと売れてたんですよね。きれいな人だったの。「あの人なんか、楽屋に弁当を持ってくるのよ。それがね、お漬物が入って。あんな臭いお漬物を食べて、どうして恋の歌が歌えるのよ」って怒るんですよ（笑）。それで「素敵なドレスの下に、おとうちゃんのパッチ穿《は》いてるのよ」って（笑）。「あたしは歌う時はズロースなんてぜったい穿きません」って。バイアスの素敵なドレスでしょう？ どんな薄いものでも響くっていうんですよね。「恋の歌を歌う時に、あなたね、下穿きなんて穿けますかッ」って。面白いの。

「瀬戸内さん、子どもはありますか？」って。「はい、一人生んでます」って言ったら、「よかったねぇ、子どもは生んでおくべきよ。あたしがお化粧すると、近所の子どもが『怖い』って泣きだすのよ。ところがあたしの子どもは『ママ、きれいになった』って言うのよ。子どもは生んでおくべきよ」って（笑）。

永　僕も約束してるんです。演歌が日本の音楽を悪くしたんだから、演歌歌手を束にして火をつけたいという話。

瀬戸内　そうそう。

永　僕は演歌歌手にも友達がいますから、火をつけるのには反対したんです。そしたら「火は私がつけるから、永さんは、そばであおぎなさい」（笑）。

瀬戸内　一回結婚なさってるでしょう？　その時に籍を入れてないんです。ちょうど『青鞜《せいとう》』なんかの頃だから、女は自立しなければ、という意味で籍なんか入れなかったのかと思ったら、「そうじゃないのよ。どうせ別れると思ったから」って（笑）。続くと思ってなかったんですって。

永　津軽の呉服屋さんでしょう？　そのお話が出たかどうか、徳島と縁があるんですよ。先祖は徳島で藍《あい》を商っていて、江戸末期に反物をいっぱい積んだ北前船が難破して、津軽にたどりついて、それで「阿波屋」という呉服屋さんに……。その阿波屋が倒産して「淡谷のり子」でデビューするんです。

瀬戸内　へえ！　徳島阿波の女の血が……。そういえば徳島の顔です（笑）。徳島には女の顔が二つあるんです。一つは武原はんさんね。それからモラエスの彼女およねね。それは本当に美しい、阿波人形のような顔なんですよ。それで、もう一つが私や淡谷さんみたいな、ベチャッとしたおたふく顔なんです（笑）。これも文楽の人形で、女中さんなんかでキョキョキョキョッと出てくるのあるじゃない？　あの顔です（笑）。

永　阿波屋呉服商時代に門付《かどづけ》で三味線を弾いていたのが高橋竹山《ちくざん》さん。小銭を恵んでいたのがのり子さん。後にこの二人がコンサートをして僕が司会でした。

おかしな人たち

瀬戸内　永さんとは共通の知人が多いですね。

永　岡本太郎さんもそうだったでしょう。僕は学生時代に、オカマになればパリで喰えるぞって（笑）。

瀬戸内　岡本太郎さんね。あの人、子どもみたいな人でしょ？　一緒に河原町歩きますとね、帽子をこうやって目深にかぶって、サングラスをこんなふうにして、こんなになって歩くの。「先生、何してるの？」って（笑）。「みんながねぇ、僕のこと気がついてうるさいからね」って。だーれも見てないの（笑）。もうね、見られてるっていうのが嬉《うれ》しくてしょうがないのね。「誰も先生、見てないわよ」って言ったら機嫌が悪くなっちゃって(笑)。ほんとに子どもみたいでしたね。

永　もう晩年だったけど、岡本さんは「諏訪《すわ》の御柱《おんばしら》」のお祭りが大好きで、みなと屋という旅館で御馳走になったんです。

　次の週に東京でバッタリ。当然、「先日は御馳走様でした」って言ったの。

瀬戸内　覚えてないんでしょ。

永　ええ。そしたら「俺には過去がない」って(笑)。

瀬戸内　気取ってる(笑)。

永　気取りすぎだって(笑)。

瀬戸内　照れてるのよ。奢《おご》ったってことを照れてるんですよ。

　でもね、私は太郎さんというのはやっぱり純粋で、すばらしくて惜しい人だったと思いますね。私が会った中でも素晴らしい男性の一人でしたね。やっぱりかの子と一平の子でしたね。

永　なつかしい人ですね。

瀬戸内　……なつかしいわね。お経をあげなきゃ……。(笑い出して) おかしいの太郎さんて。ある日突然、「ねえ、君はいつも着物を着てるから畳の部屋がいいかい？」なんて言うんですよ。何言ってるかわかんない（笑）。「なんですか？」って聞くと「もうそろそろここへ来て暮らしたらどう？　君の部屋を作ってあげるよ。畳がいいだろう？　六畳がいいかい？　四畳半でもいいか？」なんて言うんですよ（笑）。

私だって、痩《や》せても枯れても一国一城の主で、私は小説家だ、と言ったら、「何を言ってやがるんだ。下らない小説を書きやがって。天才の岡本太郎に奉仕することが女として最上の生甲斐《いきがい》じゃないか」って、それ、本気なんですよ（笑）。冗談じゃないのよ、本気でそう思ってる。あたしはそんなの迷惑ですよ。男もいたしさ（笑）。

びっくり仰天ですよ。女は全部自分に奉仕すると思ってるんですよぉ。

永　共通の友人といえば美輪明宏《あきひろ》さんも。

瀬戸内　大変！（笑）　だって天台寺！　長慶天皇の話をしたでしょう。あれ美輪さんなのよ。

私が天台寺に行ったのは長慶天皇に呼ばれたんですって。

あの人がね、「瀬戸内さん、あなたが天台寺に行く時、私は困ったのよ」「どうして?」「私が透視したら、悪い所で、山に暗雲が立ち込めて、死体が累々《るいるい》として、その中に一つだけ私好みのハンサムの首があるのよぉ」って言うんです。「あれは何かしら?」って。「殿のような頭をして、眉《まゆ》を書いて、いい男なのよぉ」って。「それは長慶天皇ですよ」って説明したの。すると、「それを祀《まつ》らないと駄目よ」って言うんですよね。

その長慶天皇は武勇の人だけれども、非常に学があって、「源氏物語」の、『仙源《せんげん》抄《しょう》』という本をお作りになってる。それは要するに、源氏の中の言葉の辞書なんです。それが源氏の古典の研究の中に入ってるんですよ。それも、私は勉強して初めてわかった。そのことを美輪さんに話したら、「あなた、あなたの前世は長慶天皇の側小姓で、『仙源抄』の墨をすったり、紙を伸ばしたりしてたのよ」って。「せめて愛妾《あいしょう》の一人と言ってほしいわね」って（笑）。

またね、こないだ「瀬戸内さん、また長慶天皇が出てきたわよ」って電話があって。長慶天皇のお墓をちゃんとしろというから、私、お墓を整備して、お位牌《いはい》つくって祀ってるんですよ。「また出てきたわよ。お彼岸だから」って。「今度はなんて言ってるの?」「私は一人で死んだのではない」。殺された時、非常に忠義な苦楽を共にした家来が五、六人と、向こうで調達した奥方が一緒に殺されている。だから、その者どもも祀ってくれと、寂聴に言ってくれって言ってるんだって（笑）。「どうすればいいの？」って言ったら、「長慶天皇一門一統の霊位」というお位牌を作れって。それで早速作って祀ってあるんですよ。それで私のことをとても素直な人間だっておっしゃる（笑）。

永 僕も、美輪さんとは古いんですが、「あなたの後でとても品のいい年寄りが永さんを守ってるから、背後にいる年寄りをお祀りしなきゃいけない」と。ああしろこうしろと言われてたんです。でも僕信じなかったの。「してる？」っていうから、「してない」っていったら「しなきゃ駄目だ」って。その時に、彼はまだ天草四郎の生まれ変わりだったんですよ。「あなたは天草四郎の生まれ変わりで、こっちは名前もない爺《じい》さんじゃ、それはおかしい。どういう人なのかちゃんと言って下さい」って言ったら、「天草四郎の家来だ」って言うんですよ（笑）。それから信じなくなったの。

ア、このあいだ会ったから、「まだ天草四郎とおつきあいがあるんですか？」って聞いたら、天草四郎の生まれ変わりはやめたらしい。

瀬戸内 じゃ、今は？
永 お釈迦《しゃか》様の生まれ変わりになったみたい。
瀬戸内 ワーッ（笑）。
永 だから勝新太郎が機内で逢《あ》ったのは美輪明宏かもしれない（笑）。
瀬戸内 ウーン、いい仮説ねぇ。

フランス語訳瀬戸内源氏のこと

永 そうだ。河盛好蔵《かわもりよしぞう》さんと対談なさったでしょう。感動しましたよ。
瀬戸内 河盛先生は九十五で、ちょうど私と二十歳違うんですよね。そして脳梗塞《のうこうそく》をなさいましてね、何年か前に。今、車椅子《いす》なんです。でも、そりゃお元気で、頭は冴《さ》えかえっててね、現役でお仕事してらっしゃるでしょ。それで、もう九十五にもなったら……、私でさえもう、周りは全部死んだっていう感じがありますから、「皆さんお亡《な》くなりになって、先生おさみしいでしょう？」って、そういう話から始まったら、ぜんぜん返事しない（笑）。寂しくないのね。自分は生き残ってるぞって感じ。

それからいろいろ、今のことをうかがったらね、もうとてもお元気で、「来年は家内を連れてパリへ行きます」っておっしゃるんです。来年九十六でしょ？ だから、その意欲がやっぱりいいんだなぁ、と思って。そして、なんでも全部覚えてらっしゃるし、お話がウイットとユーモアに富んでそれはもう、面白いんです。何しろ博学でいらして、あんなに面白いことなかった。

それから、ご家族がいいから、長生きなさるのね。

永　そうかもしれないですね。

瀬戸内　奥様もお嬢様もとてもやさしいし、あたたかな感じなんです。それでいて、どこかのんびりしていて……。ここなら長生きしたいだろうな、と思いますよ（笑）、そういう感じ。

永　あの対談の中で、瀬戸内源氏をフランス語に訳すっておっしゃっている。僕が感動したのはあの言葉です。

瀬戸内　そうなんです。フランス語の瀬戸内源氏。

私ね、源氏が終わった時に死んでもいいかなと思ったの。まだまだ河盛好蔵先生のフランス語版が終わるまで死ねません。

戦時中に育ったせいですか、わりあい私は命を大切にしない感覚があるんですね。だから自分が死ぬことはなんともないんですよ。それからね、やっぱり美意識で、見苦しくなって死にたくないんですね。

だから河盛先生のフランス語版が出来るまできれいな女でいたいの。

でもフランス語、読めないのよ、ジュテームしか言えない（笑）。

永　九十五歳……僕より三十歳も上なんだ。

僕も、父が九十二まで生きましたし、母も九十で元気でしょ？　両親が元気だと、とりあえず、その両親の子どももなんだから普通にしてれば九十までいくな、というようなところがあるじゃないですか。

瀬戸内　あります。

永　それからもう一つは、平均寿命のこともあるから、「でも、亡くなったとしても、ま、いいか」というのがどっかにありますね。それは寺育ちでありがたいと思ってますけど。

瀬戸内　寺育ちといっても、お寺はお兄様がちゃんと継いでくださったんでしょ？

よかったですね。次男は出ていくべきです（笑）。

永　やっぱり、寺で生まれてもの心がつく頃に最初に傷つくのは、どなたかが亡くなるとおかずが増えたり、欲しいものが手に入ったりということが続いていくでしょう。やっぱりこれはね、ほんとに嫌なんですよ。その嫌さというのは、臓器移植の嫌さにつながるんです。「誰かが死ぬのを待ってる」というのがね。

瀬戸内　うちだって、仏壇屋をしてて……。小さい時は仏壇なんて売ってなかったんですよ。ちょっとお金ができたから仏壇屋をして……。あれはお金がかかりますからね。そうすると、母がそれを売ってるでしょう？　亡くなった人が来ると一緒になって泣くんですよ。「もう御愁傷様」って。泣いてて、「ではいちばん上等のお仏壇を……」って（笑）。「この位牌を……」って高いのを売りつけるの。「なにやってんだろ？」と思いますよねえ（笑）。

永　本当に、人が亡くなったり、友達が亡くなっていったりしてからですね、「寺生まれでよかった」っていうのは。お墓が好きだし、仏様が好きだし、というのが自分の老後に役立つということが……、気がつくのが遅いんですよ。

宗教とは

永 根本的なことなんですけど、我々は仏教徒ですよね。で、イスラム教、キリスト教、あるいは東南アジアへ行くとヒンドゥー教とかいろいろ別の宗派の宗教と出会いますよね。で、どこがいちばんいいとかじゃなくて、感性としてここは納得できるなという宗教と、それからそうではない宗教と、ありますか?

瀬戸内 私はね、出家する時に何宗でもいいと思ったぐらいにルーズなんですよ。でもやっぱり縁があって仏教になってる。どの宗教もみな縁でしょうね。どの宗教でも、宗教というものは皆それぞれ、褒むべきいいものを持っています。宗教というのは人に危害を加えない、人の苦しみを自分の苦しみとして感じる。それが宗教だと思うんですよね。だから、それさえ持ってればいいと思う。

私は、新興宗教も……。新興宗教っていったら、天台宗だって浄土宗だって日蓮宗だって、全部はじめは新興宗教ですからね。宗祖は全部素晴らしい。そして宗祖は全部革命家です。結局宗祖は皆清貧に甘んじて無欲で、それで革命家なの。そして庶民の味方なんですよね。それが駄目になるのは、やっぱり経営ね。すべて、その宗派が経営に走った時に駄目になって、その時に権力と結びつきますからね。権力と結びついた時に駄目になるんですよね。

永　オウム真理教の事件で、瀬戸内さんの発言に説得力があったのは、その点でした。

瀬戸内　だから、今の新興宗教にもいろいろあって、本当の新興宗教で、大本教《おおもと》なんかは私いいと思う。天理教もいいと思う。ただ出口なおにしても中山みきにしても、女がああいうふうに霊感でカーッとならないと人がついてこないんですよ。それに必ず、非常に頭のいい男がつくの。たとえば大本教の王仁三郎《おにさぶろう》みたいな。ああいう経営者がつかないとそれは大きくならない。霊感があらわれるのは閉経期の更年期障害の時なの（笑）。

永　そういう切り口がありましたか（笑）。

瀬戸内　苦労して苦労して……、それが閉経期にカーッとなるんですね。そしてその時にパッと何かが乗り移るんですね。あたしの出家も……（笑）。

永　これも妙に説得力がありますね……困ったなぁ。

瀬戸内　麻原というのは人の心を読むのがうまいんですよね。だから、あそこから逃げてきた人が言ってましたけどね。頭のいい人が一生懸命勉強して国立大学に入って、就職も決まって、虚《むな》しいじゃないですか。虚しいと感じるということは優秀なんですよ。それを「虚しい」と感じた時に、先生は「何を言ってるんだ。君にはこれだけの将来があるんだ。グズグズ言うな」と。親は「あんたをここまで育てるのに、私たちは一生懸命働いたんだ。何をそんな贅沢《ぜいたく》を言ってる」と。誰も聞いてくれないわね。その時に麻原が聞くんですよ。

講演に行くでしょう？　講演会で質問なんていうと……。彼はコンプレックスがあるから国立大学を狙《ねら》います。国立大学の試験勉強だけした子が立って、「質問」なんていう……。すると、「君の質問は素晴らしい！」って彼は言うんですよ。褒められると、二度も三度も手を挙げるらしいの、そういう連中は。そうすると、「アァ、君は実に素晴らしい。後でまたよく話そう」なんていって終わるの。

それでその男の子が外へ出たら、サッとあの井上が側へ来てね、「グルが君に会いたがってるから、明日いらっしゃい」と連れていかれる。そしたら「君はすぐに出家しなさい」と言うんだって（笑）。講演の時に、「皆さん、早く出家しなさい。

私はもう命がない。アメリカの毒薬にやられてるから」と。「早く！　私の生きてるあいだに出家しなさい」と言うんですって。それで、「そうかな？」と思うんですって（笑）。

そういう子が、「僕たちが瞑想《めいそう》してる時に、何て言ってるか知ってますか？」というから、「密教だからマントラでもいってるんでしょう？」って言ったら、「初めはそうだった」って。終わり頃は、「布施を取れ、布施を取れ。身ぐるみ剝《は》げ、身ぐるみ剝げ」って（笑）。

永　そういう状況に置かれなくても、日本人の宗教感覚ってありますよね。外国からみた場合、神道をベースに、キリスト教で結婚式、仏教で葬式……。例の、何教でも平気でやることをよしとする考え方と、それから「やっぱりおかしい」という考え方とありますよね。でも、今までのお話をうかがってると、いいとこは全部やっちゃっていい、というふうに……。

瀬戸内　私はそう思いますよ。よければいいんですよね。人をしあわせにすればいいんです。

日本人のルーズな宗教意識

永　神道というのは、宗教だと思いますか？　それとも日本の文化的な慣習？

瀬戸内　やっぱり宗教でしょうね。

慣習じゃないですね。人間というのは、やっぱり宗教が欲しいんじゃないですか？　だから「現人神《あらひとがみ》」という言葉が……、私たちはそれで育ちましたからね。日本人はやっぱり形が欲しいのよね。だから、必ず仏様を石で作ったり、木で彫ったりするじゃありませんか。私は、「宇宙の生命」という言葉を遣うんですけどね、宗教というのはすべて宇宙の生命をあがめることだと思うんですね。何か、人間以外の超越的なものを……。だって、太陽と月がぶつからないというのは不思議だもの（笑）。そう思いません？　何がそれを司《つかさど》ってるか。それは私たちにはわからない。何か、宇宙の生命というものがあると思うんですよね。それを、ある人はキリストと言い、ある人はお釈迦《しゃか》さんと言い、ある人はマホメットと言う。そういうふうなもんじゃないかと思うんです。

元は宇宙の生命。だから、富士山の頂上に行くには、いろんな登り口があるじゃありませんか。だけどどの道でも登りつめたら富士山の頂上。だから、私は何宗でも何教でもいいと思うんです。

永　日本人の宗教感覚だと、あらゆる宗教が暮しの中に入ってますよね。神道から仏教も、キリスト教もコーランも好きという感じで。一方で、イスラムの国、キリストの国、ヒンドゥーの国と、それ以外は排他的にしてしまう国がたくさんありますね。それと我々が仲良くしていくために、どちらかが譲らないとうまくいかないでしょう？

瀬戸内　譲るのは日本人が譲ればいいんです。日本人はルーズだから（笑）。

永　この日本人のルーズな宗教意識が世界を平和にする鍵《かぎ》になると思ってます。

瀬戸内　そうですねえ。それから、少なくとも日本は外国の宗教によって文化ができたんですから、やっぱりそれはありがたいと思わないといけないですね。キリスト教だって、やってきた時にはずいぶん受容してますよねえ。

永　僕ね、今東光さんに、三波さんの話にも出た景教の話を伺ったことがあります。つまり、聖徳太子以前は神道ですよね。そこへ仏教が渡ってきますね。その時に、なぜ神道が仏教を受け入れたかというのは、そこに景教があったからだ、と。キリスト教が中国に入りますね。で、景教という名前になって日本に入ってくる。それがあるから、今度は後半で、ザビエルが来た時にはもう素地ができてるから、だから広まるのが速かったんだ、と今さんがおっしゃった。そのへんの話というのは……。

瀬戸内　私はうかがってないです。とにかく私には、何も教えてくれなかった(笑)。

永　僕も寺だということを、今さんはわかってらしたから、「お前、景教のことを勉強しとけよ」って言われて……。

瀬戸内　もしかしたらそれは有吉さんに言ったかもしれない。有吉さんは中国へ、子どもを連れて留学してたけど、あれは景教の勉強に行ったんですよ。

永　あ、そうですか！

瀬戸内　「変わったことするね」って皆で言ってたんです。結局それは一行も発表しませんでしたけど、景教の勉強に行ってたの。そんなことを有吉さんがするということは、有吉さんは今さんとわりと仲がよかった……。何か聞いたのかもしれません。

永　有吉さん！　僕は学生時代からのつきあいだったのに……。景教について調べてたら、それは惜しい！

景教というのはキリスト教なんですよ。それが来るんです。聖徳太子のところへ。

瀬戸内　だから聖徳太子を厩戸《うまやど》の皇子って言うでしょう？　キリストも厩で生まれてます。

永　それと伊勢、お伊勢さんの灯籠《とうろう》のユダヤの星とか、いろいろ関係してくるところがあるんですよ。神道とユダヤ教。青森にある戸来《へらい》・ヘブライのキリストの墓とか……。

瀬戸内　大津にある神宮、あそこもユダヤと非常に関係がある。あれもこれもユダヤですよ。

永　そういうのが、ただ「邪説」という言い方で無視されちゃうんですよ。ウーン。今さんと有吉さんにもっと話を聞きたかった！

生涯現役、休みなく

瀬戸内　永さん、私だってあなたに聞きたいことがあるのよ（笑）。なんで永さんは全国をこんなに忙しく歩き回るのかって。私は放浪の星だと思うんだけど。本当に忙しくしてらっしゃるでしょう？　それはどこに何があるの？　四方へ行くということは。

永　こちらから行きたいという所と、向こうからいらっしゃいという所が、つまりうまく重なり合ってこんなに動くようになっちゃったんだと思いますけどね。でも、やっぱり寺の子ということはあると思いますね。

それから、僕ら、学童疎開《そかい》の世代なんです。子どもの時から家を出ちゃってましたので、なんか、家の中に安住しているということができないんですよ。家に二日もいられないいんですね。

瀬戸内　そうよ。同感！（笑）　家庭って落ちつかないし、ヘンな緊張感があるし。

永　疲れていない時はいいいんですけど（笑）。

瀬戸内　世間の人は疲れると家に帰ってホッとするというけど、信じられない（笑）。

永　それから、時間の組み方が、旅先だと一人でできるじゃないですか。他の人の都合をあまり考えないで。これが、なんとも気持ちがいいんですね。

瀬戸内　永さんもそうらしいですけどね、私は絶対に旅は一人で行くんですよね。この年で……、坊さんはあたしくらいの年になれば一人で歩くということはない。必ずお付きがいます。相手がびっくりするんですよ。私が荷物を持ってヒョコヒョコ行くと。「えっ、お一人ですか？」って。女の子を連れていくと、「ご飯を食べさせてやらなきゃ」とか、「お茶飲ませよう」とか、こっちが気を使うのよ。一人がずっといい。

永　若い時は「旅先の野たれ死にが夢だ」なんてカッコをつけていました。句会の中で死に方を考えたんですよ。隣家の貰《もら》い火で焼け死にとか、間違いで暗殺されるとか、差し入れの弁当で食中毒とか。小沢昭一さんは腹上死でしたね（笑）。

瀬戸内　やなぎ句会ですよね。

永　宗匠が入船亭扇橋師、柳家小さん門下ですから「やなぎ」という名前がついて……。

瀬戸内　やなぎ句会のことを江國滋《えくにしげる》さんから伺っていたんですけど。

永　僕達は、江國さんや黒田杏子《ももこ》さんから寂庵の句会のこと。

瀬戸内　いつか御一緒したいわね。

永　絶対に止《や》めた方がいい（笑）。

瀬戸内　絶対？

永　絶対！

瀬戸内　どうして。

永　やなぎ句会は句会と言っているだけで、鉄火場というか、賭場《とば》というか、現金の飛び交う句会なんてありませんよ（笑）。あとは悪口雑言、とに角、欠席したら最後、ありとあらゆるデマを飛ばされます。それが恐《こわ》くてみんな出席するんです（笑）。

瀬戸内　創立三十年ですってね。

永　入船亭扇橋、柳家小三治、桂米朝、これが噺家《はなしか》組。小沢昭一、加藤武《たけし》が役者組。劇作家の大西信行、評論家の矢野誠一、学者の永井啓夫《ひろお》、そして僕。それに江國滋

(一九三四―九七)、神吉《かんき》拓郎(一九二八―九四)、三田純市(一九二三―九四)。三人ともガンですから、日本のパーセントでいうと、もう誰もガンにはならない(笑)。

瀬戸内　男ばかりなのね。

永　ゲストも男性に限ってますから。

瀬戸内　あら、黒田杏子さんがゲストで行ったって言ってたけど。

永　エー？ あの人、女ですか(笑)。

瀬戸内　私、江國さんに誘われていたのよ。

永　江國さんは瀬戸内さんを女と思ってないんですよ。僕は女性として憧《あこが》れていますから。

瀬戸内　ウーン、江國説をとるか、永説をとるか(笑)。

三越劇場に出演なさったでしょう。がんセンターから看護婦さんや、奥さんが付添いで。

永　瀬戸内さん、大反対でしたよね。

瀬戸内　はい。衰弱しきった姿で入場料をとってる舞台に出るもんじゃないって……。

永　僕も、そう思って病院にいて下さいって言ったんだけど、どうしても出演するって劇場に来ちゃって、結局、僕は司会者として断りきれなくて、あの時は辛《つら》かった……。

瀬戸内　でも、笑わせたんですってね。

永　死んだと思ってたら生きてましたって言ったんです（笑）。そうとしか言えませんでしたね。

瀬戸内　そこが男友達なのよね。でも、皆さん、忙しい人ばかりなのに、よく毎月三十年も続きましたね。

永　忙しいから時間を大切にする。大切にするから続くんだと思います。仕事は忙しい人に頼んだほうが出来るという話もありますし……。

瀬戸内　私は働きすぎだと非難されてるようです。だって働くことが好きなんだもの、放っといてって。職人の娘だから。私の両親は正月しか休みませんでした。お盆はかき入れ時です。十三日の朝まで買物客がありました。

　永さんもよそから見ると働きすぎのように見えます。もっと怠けたいですか？

永　働くのと休むのを分けて考える人がいるのが不思議なんです。

働くのが面白ければ、それは休んでいるのと同じでストレスもたまらない。それより「休め」と言われて休むのは疲れます。僕は、どうやって休むのかわからない。これは疲れます(笑)。

瀬戸内　永さん、週休二日制どう思う？　私は人間を怠けてバカにさせるだけだと反対です。人と同じに働いていて、人と同じ生活が出来る筈《はず》はない。職人に休みはありませんよね。

永　週休二日制という言葉がいやです。制というのは制度、つまりお上の命令でしょう。「休め」といわれて喜んで休むのがいやです。

瀬戸内　そういう考え方もあるわね。

永　働くのも、遊ぶのも、休むのも、自分の意思じゃないところが情けないじゃないですか。サラリーマンはそれを覚悟して就職するんですから、ちゃんと停年がありますよね。職人や、我々は停年がない。生涯現役ですから。

瀬戸内　永さんは休みなく働いているわけでしょう？

永　だって、仏様のお慈悲で生かされているわけですから。生きている間、お役に立つことがあれば身を粉にして。

瀬戸内　……ちょっと待って。あなたよく、そういうしらじらしいことが言えるわね（笑）。

活字の世界、電波の世界

永　そうか。瀬戸内さんが御同業ということを忘れていた（笑）。

瀬戸内　御同業といっても、私は活字、あなたは放送の世界からスタートして……。放送界と出版界の仕事って、どこが一番違いますか。

永　電波と活字ですよね。「残る」「残らない」ってことから始まったんです。活字は残る。電波は残らない。

瀬戸内　今は、電波も残るようになったわね。

永　そうなると、量ですね。量の違い。岩波で、百万部越えた、二百万部になったって大騒ぎしている時に不思議に思いましたね。

瀬戸内　どういうこと？

永 だってNHKのテレビでいうと一パーセントが百万人という計算ですから、瀬戸内さんがテレビから語りかけると十パーセントとして一千万人は聞いているんです。

瀬戸内 聞いているだけで、本は買わない(笑)。

永 買わないかわりに聞くんです。

瀬戸内 そうか。テレビを観《み》るのと、本を読むのと、内容の差はあっても、数字だけの比較だと驚かないわね。

永 これが音楽だと、世界中が相手ですから「上を向いて歩こう」はどこかで演奏され続けているわけです。計算すら出来ない。

瀬戸内 ウーン、作詞ねぇ(笑)。

永 やろうとしているでしょう(笑)。やめた方がいいですよ。邱《きゆう》永漢さんが、世界で一番稼げるのは作詞家だという計算をして……失敗しました。二番目がハゲの薬と水虫の薬の開発ですって(笑)。

瀬戸内 ウーン。

永 数字以外だと、影響力は別として、人間かなぁ。現場の編集者と、放送のスタッフ。人柄が違います。

殿様と家来の差、出版が殿様ですよ。放送は秒針をみながらの仕事ですから、みんなセカセカしている。

放送は、今、出来ないと駄目なんですね。出版は、いつか出来ればいい（笑）。

この差は大きかった。放送台本て、昔はガリ版印刷で活字じゃなかった。僕は活字そのものに憧れていたのに、今や活字もワープロになってしまって、職人さんたちも失業でしょう。

瀬戸内　いたんですよね。活字を拾う職人が。

そうよね。私は活字から放送の仕事をするようになって、永さんは放送から活字に入ってきた。

永　井上ひさし、五木寛之《ひろゆき》、野坂昭如《あきゆき》、倉本聰《そう》、みんな放送からですね。僕なんか読書だって、ラジオで聞きました。樫村治子《はるこ》さんの朗読で「私の本棚」、まだ耳に残ってますよ。

瀬戸内　そうか。永さんの文章がわかり易いのはラジオの世界なんだ。聞いてわかるというのは、読んでわかるのと違うのよ。

読むのは、何度だって読みなおせるけど、ラジオは一回だけだから。

永　でも、野坂昭如のような例外もあって読み直すとわからなくなる(笑)。瀬戸内さんの源氏はラジオでも充分に楽しめます。

瀬戸内　耳でね。嬉《うれ》しいわ。もともと、王朝の物語は誰かが読んで耳で聞いたものです。一人で読む時も音読したと思う。私の源氏は、声に出して読めるように訳してます。

永　それと、出版界、放送界と線を引いて考えないところもあります。芸能界、音楽界というのも、工芸の世界というのもあるでしょう。肩書でいうと、キャリアはラジオタレントです。

瀬戸内　ボランティアも忙しいでしょ。この頃は作家なんて言われるけど、歌手と言われた方が嬉しいですね。

目利《き》きの才

永　瀬戸内さんだってたくさんの肩書があるじゃないですか。

瀬戸内　いいえ、永さんは絵も描くし、詩も書く、陶芸も……。あれもこれも、ちがう仕事がこなせるのは、偉大な才能（タレント）だと思います。思いませんか？

永　ちょっと。ほんのちょっと、思います。

瀬戸内　どうしてちょっとなの？

永　僕のことですか。

瀬戸内　そうよ。いろいろなさって、どの分野でもヒット作があって……。

永　運です！　幸運。努力していません。

瀬戸内　運だけじゃない。

永　僕を賞《ほ》めてどうするんですか。気持ちが悪いなぁ。

瀬戸内　いいのよ。永さんを認めれば、私も認められると思って（笑）。

永　日本人て「この道一筋」が好きだから認められませんよ。

瀬戸内　永さんの焼きものを、こんど見せて下さいよ。

私は、自分の窯《かま》を持ってるんです。ただ、源氏がはじまってからは物置になっていますがね。私のつくるのは先ほどお見せしたようなチッチャイ土仏ばかりです。

永 陶芸に関しては恥かしいことがあるんです。岡山の旧家のお茶席で、お好きなお茶碗《ちゃわん》をお選び下さいって言われて、魯山人《ろさんじん》、唐九郎、寛次郎、豊蔵、リーチなど、ズラッと並んでいるんです。

落としたら大変な茶碗ばっかり。

瀬戸内 あるところにはあるのよね。

永 その中に、何ていうんだろう、僕を呼んでいるような……。あるじゃないですか。目があった時に向こうから、オイと声をかけてくるような作品て……。

瀬戸内 わかります。わかります。あなたを待っていたというような。

永 そうです。で、その茶碗でお茶をたてていただいて、暫《しばら》く、手で持っていたんですよ。別れ難いという気持ちで。

瀬戸内 永さんの手の平におさまって。

永 そう。全く違和感がない。器を持っているという重さが無いんです。そうしたら、そこの御主人が「差し上げますからお持ち下さい」というの。

瀬戸内 やったじゃない(笑)。

永 それこそ、茶碗を落としそうになった(笑)。で、おそるおそる「どなたの作品でしょうか」って聞いたの。そしたら「孫が夏休みの宿題でつくったんです」(笑)。

瀬戸内 ……そのレベルなのね。

永 そのレベルです。そのレベルで焼いています。今度、御一緒しましょう。土仏を。

瀬戸内 夏休みにいらっしゃい(笑)。

永 ただ、その件があって気楽につくれるようになりました。

瀬戸内 どこの窯がお好きなの?

永 日用雑器では出雲の出西《しゅっさい》、松山の砥部《とべ》、ながめるのは織部の喜兵爾《きへいじ》。あと琉球系のものは好きですね。

瀬戸内 お師匠さんがいるの?

永 僕以外、すべて師匠(笑)。

瀬戸内 じゃ、私も師匠?

永 はい。弟子入りします。

瀬戸内 永さんて、考えていた以上に調子がいいわね(笑)。

永　もっと早く見破らなきゃぁ……（笑）。

瀬戸内　世渡り上手ね。

永　才能の中で最も秀《すぐ》れているのが、世渡りだと思う（笑）。

瀬戸内　それから、若い芸人さんたちを育てたりしているでしょう。才能をみつける才能もある。

永　ありがとうございます。

瀬戸内　いいものを見つけることといえば、永さんの布の鞄《かばん》は一澤ね。

永　えぇ。昔から一澤帆布店。ビルになる前、知恩院前の古い店の時代からです。

瀬戸内　一澤帆布店のとなりの「焼芋」食べたことありますか。私は一澤へゆくと必ず買って帰ります。

永　僕は一澤の大将に、京料理を御馳走《ごちそう》しましょうって誘われて、その隣の店先で焼芋の立ち喰い（笑）。

瀬戸内　一澤の、須田剋太《こくた》さんの看板の字もいいわね。

永　この頃は品切れで店の中はガラガラ。でも、あの大将は量産しないんです。

瀬戸内　あたし、よく御主人から袋いただいてます。買いにゆくとうんと負けてくれるので、悪いからそうっと店覗《のぞ》いて御主人のいない時入ります。お腹の手術したんですって？

永　腸の手術の時に、病院で名前を聞かれて「浅野内匠頭《たくみのかみ》」って言ったんですって。

瀬戸内　（笑）まぁ、やりそうね。

永　そしたら、医者や看護婦がキョトンとしているので、大石内蔵助《くらのすけ》の説明から始めたら、この名前も通じない（笑）。

瀬戸内　可哀《かわい》そうに。折角、気取っているのに。

永　あの焼芋はたしかに立派な京料理です。

瀬戸内　でしょ？　あれも京料理なのよ。今は食欲だけが楽しみ。最後にあの焼芋を喰《た》べて死んでもいい。

永　……それで本当の最後っ屁《ぺ》（笑）。ごめんなさい。

往生際《ぎわ》の話

瀬戸内　いいじゃない。大往生よ！　私ね『大往生』を読んで感じたことがあるんです。

私の知り合いに、室町の呉服屋、紋付きを染めてる家の奥さんがいました。家付き娘で聟《むこ》養子と結婚。子どもが皆優秀です。その人がガンで亡《な》くなったんですけど、子どもがよくて、最後は病院から退院させて二ヵ月以上家で面倒みました。全部の家族が集まって何日か看取《みと》って、お医者さんも町の医者に変えて、皆に囲まれて、とてもいい臨終になりました。

私はとても好かれてたから、臨終に呼ばれていって、「やっぱ、坊さんだから、引導を渡さなきゃいけないな」と思ったんです。本当にいい家族なんですよ。ご主人から子どもまでみんなが集まって口々に「お母さん、お母さん」て呼びかけてます。それで私、「あなた、こんなにいい御家族があって、こんなにあなたを思ってくれてて、やさしくしてくれてほんとに幸せねえ、良かったわねえ」って言ったんですよ。「もう死んでもいいでしょう」という意味で「幸せねえ」と言ったら、その人がぱっと目をあけて、「だから死にとうないんです」って言うんです（笑）。「こんなにやさしい家族がいて、こんなに私のことを思ってくれてるのに、なんで私一人がこの中から離れて死んでいかなきゃならんのですか?」と言ったの。私、声がなかったですよ。

永　それはそうですねえ。

瀬戸内　もうね、「エライこと言っちゃった!」と思ってね（笑）。「みんなでよくしてくれたけど、私はこの人たちともっとこの世にいたい」って言ったんです。皆、「お母さん、お母さん」てワアッと泣いてくれたからよかったですけどね……。無事に死んだんですけど、後でお医者さんが私に、つくづく「私もこういうふうに死にたい」って言われたんですよ。

永　人間の身体《からだ》って部分部分で死んでいくんですね。だから、翌日髭《ひげ》が生えてたりするわけです。そうやっていちばん遅く死んでいくのは耳、脳に直結してて、聴覚というのは最後まで残るんですって。だから、遺族の泣き声というのはきちんと届くんです。

病院と在宅とかホスピスとか……、この頃は「在宅で死にましょう」というのがあるんだけど、病院だと存分に泣けないんですよね。それが、自宅だと泣き方が見事なんですって。お経のように、皆が泣くって。

瀬戸内　皆泣いた。ほんとに声をあげて泣いた。

永　だから在宅死がいいんだ、という考え方があります。

瀬戸内　その、「耳が残る」っていうの、私、体験があるんですよ。私は、肉親が両親とも死に目に会ってない。母親は防空壕《ごう》で殺されてますし、父親は私が殺したんですけど（笑）。嘘《うそ》ばっかり言って、「お父さんが死んで私にくれるべきお金があるなら、今くれ。東京に出て小説書きたい。偉い小説家につくには高い束脩《そくしゅう》がいる」とね（笑）。そんなアホな手紙を出したんですよ（笑）。そしたら「あのアホ娘が、女子大まで出て、まだこんなこと言う」なんて。その頃父は老人性結核と脳溢血《のういっけつ》と両方だったから、それで家で療養してたんですよ。その手紙見たから、バカ娘のためにまた一がんばりしようと、お灸《きゅう》をすえにいったんです。コンピラ灸というのが町に来て、そのチラシが入ったのを見て行ったんです。頭のてっぺんにお灸をされて脳溢血で数時間で死にました。

その頃、私は京都で最低の生活でウロウロしてて、「チチキトク」の電報でびっくりして帰っていったら、最後まで私のことを心配して死んだというんです。姉が「あんたが殺したのよぉ」なんて、私にしがみついて泣いて怒る。私も「まあ、そうかな」と思いましたけど（笑）。それで結局死に目に会えなかったんです。

　そして、今度、姉が死ぬ時にはガンでしたから、私は京都からできるだけ徳島へ見舞いに通っていたんですが、たまたま東京で対談するため上京してた時、死んでしまったんです。飛んで帰ったんですけど、自宅療養していたのに、最後は病院に移されてるんです。見も知らない病院で、私一人で、姉の死体と向かい合ったんですよ。家族は死んだと思って、みんな病室を出て葬式の準備やら報《しら》せに動いていたんです。

　私は、「昨日無理したら帰れたのに、帰らなくて悪かったなあ」と思って、もう死んだと医者に言われて、死体としてそこにいるんですけど、「お姉さん、悪かったねえ」って話しかけました。その病院は、私たちが育った場所の近くなんですね。「ここで昔、縁日に行ったわねえ」とか、「あそこで銀杏《ぎんなん》ひろったわねえ」とか、いろんな話したんですよ。その時聴覚が最後まで残るという話を思い出して、もしかしたら聞こえてるんじゃないかと思ったから、「もし聞こえてるんだったら、口をパクパクと開けて」と言ったら、姉の口がパクパクと開いたんですよ。

　それでもう、私はびっくり仰天。そこへ姉の長男が帰ってきたの。「ケイちゃん、大変！　聞こえてるから、今、何か言いなさい」って言ったら、「お母さん、お母さん！　聞こえてるなら口を開けて」って甥《おい》も言ったら、そしたらまたパクパクと口が開いたんです。それは、お医者さんが「ご臨終です」って出ていった後ですよ。死んだ後に、枕元《まくらもと》ですぐ遺産相続の話をするでしょう？　あれは絶対にしちゃいけないんですよ（笑）。みんな聞こえてるんですよ（笑）。

永　心臓が止まったことで心臓死というだけですからね。だから他の機能は生きてるんですよ。

瀬戸内　ええ。それはびっくりしましたねえ。だからね、私が死んだからって、「悪口言ったらわかるわよぉ」ってみんなを脅してます（笑）。

死に対してどう備えるか

瀬戸内　それにね、やっぱりこの年になりますと、死ぬ用意は……、亡《ほろ》びの支度というのはしておいたほうがいいですね。『大往生』に「遺言と遺書は違う」とお書きになってらっしゃるけど、「遺言」て書くとなかなか死なないんですって。

永　京都に大村しげさんという「おばんざい」で有名なおばあさんがいるでしょう？　大村さんが、「京都の町家の女は、自分の死に装束は自分で縫ったもんだ」という話を聞いて、ご自身で死に装束を縫ったんですって。やっぱりなかなか縫えなかったけれども、縫い上げたらとってもいい気持ちで、「遺書を書くのって、これと同じかな？」とおっしゃったんですよ。

瀬戸内　私も死に装束の話は聞きましたから、作ろうかなと思ったら、「ご心配要りません。ちゃんと用意してございます」ってうちのスタッフに言われました（笑）。「恐れ入りました」。

永　死に装束があるということは、お葬式とか臨終の場面も考えていますか。

瀬戸内　いちばんいいのはね、二週間ぐらい患《わずら》ってくれて亡くなるのがいいんですってね（笑）。パッと死ぬとね、「何もしてあげられなかった」という心残りがとてもあるんですって。二週間でも面倒みてると、なんかこう、胸が収まるんですって（笑）。

永　二週間というところが微妙ですね。一ヵ月になるとイヤんなったりして……

瀬戸内　その時にね、相手に意識がなくってもね、自分がそれをみたという、なんかそういう、人間って勝手だけれども安心があるらしい。

永　どちらにしても、誰もが死ぬのに、その死と対決出来ない。死なないつもりでいたい。

瀬戸内　でもね、私の経験によりますとね、男の人のほうが弱いですよ。

永　あ、弱いですね。そうみたい。医者がよく言います。旦那《だんな》がガンで奥さんに伝えるのはとっても楽だって。

瀬戸内　うんうん。それから受け止めた場合ね、「自分には言ってくれ」なんて言ってる人もね、いざとなると……（笑）。告知されると非常に弱いのは男のほうですって。それで戦いますけどね。戦うということは「生きたい、生きたい」と思うから戦うんです。私何人も見送ってますけどね、やっぱり日本の男というのはセンチメンタルで、そんなに論理的じゃないんですね。

永　友達に精神科医の北山修《おさむ》がいて、告知された時にどう対応するかというと、まずびっくりする。できるだけびっくりする。その次には怒り狂う。それから泣くだけ泣く。そうするとくたびれるから、勝負はそれから先なんだって。そこで張り切る人は駄目なんだって。グジャグジャになっちゃって、周りも皆で「放っとこう、放っとこう」という状況を作っといて、当人が「ま、仕方がないか」というところまで。

瀬戸内　受容する。

永　ええ。そこまで……。最初から励ましたりしないほうがいいっていうのを、よく言います。だからよく、「告知してください」って言って、告知されて「そうでしょう、わかってました」みたいに変に冷静な人っているじゃないですか。

瀬戸内　それは後が大変（笑）。

永　そうなんです。グジャグジャになっちゃったほうがいいんですって。

瀬戸内　有名な話がありましてね。鎌倉の偉いお坊さんがガンになって、自分は僧《そう》侶《りょ》で生死のことは見極めているから何でも本当のことを言ってくれ、と。「それじゃあ申し上げますが、あと半月ほどの御寿命でございます」って。そしたらもう、「死にとうない、死にとうない」って取り乱したって（笑）。でも、なんか人間らしくていいですよねぇ。

だから、悟り澄ましてるなんていうのは嘘くさい。そりゃ誰だって、「お前は何年後、何ヵ月後に死ぬ」と言われたくないと思いますよ。

永　それに誤診て結構あるそうです。ガンと言われてそうじゃなかったり、半月と言われて十年とか……。

瀬戸内　重大な時は一軒で決めちゃいけませんよね。主治医を信用しているなら諦《あきら》めもつくけれど、そうじゃなかったら辛《つら》いですよ。

永　ええ、ええ（笑）。

瀬戸内　私はね、皆に言うんですよ。「ガンの宣告されたら、もう一軒他の病院に行きなさい」って。

永　あるんです。

瀬戸内　あるんですよ。私はね、おかしな経験がありましてね。まだものを書いていた世にでない頃で、西荻《にしおぎ》の、小俣キンさんというおばあちゃんの離れに下宿していたんです。ある日、とてもお腹が痛くなったの。それでその隣がね、救急病院なんですよね。あんまりお腹が痛いから行ったんですよ。そしたら「これは盲腸だ」って言って、どんどん血沈が上がってるので、一刻も早く切らなきゃいけない、と。「じゃあ、支度してきます」って帰って、「おばあちゃん、あたし盲腸ですぐ切らなきゃいけないらしいわよ」と言ったら、おばあちゃんが「ちょっとお待ち」って……。その人は、いつも何かする度に方角をみる人なんです。

暦をあけて、方角をみて、「今日は悪い日じゃないけど、隣の病院がとても方角が悪いから、こっちの小ちゃなはやらない医院へ行ってごらん」て言うんですよ。それで、行ったんです。そしたら盲腸じゃなくて回虫が湧《わ》いてたの（笑）。それで虫下しをくれたら治っちゃった（笑）。

だから私、それ以来必ず病院は二つ行くことにしてます。

永　たくさんの医者の中から選ぶよりしょうがないから、いろんな医者とうまくつきあう方法を考えるか、あるいは一人いい医者を見つけておくと、その医者の紹介するドクターはしっかりしてます。医者っていうのは、業種が違ってても、学生時代から「あいつはいいやつだ」っていうのがわかるじゃないですか。医者どうしで。だから、任せられる人だったら、男が産婦人科でもいいから相談できる医者を選ぶ。

それからあとは、やっててわかりますけど、病院にコネがあるかどうかで、もう雲泥《うんでい》の差ですからね。「誰々の紹介」っていうともう、まるで違っちゃうんだから。ヤな話ですけど。

瀬戸内　手術の名医と言われる医者にはお金を取るのが多い（笑）。ほんとよ。だからね、やっぱり貧乏人は死にます（笑）。必ずそうなの。宿屋のチップじゃないけどね、後であげるんじゃなくて、先に渡すの（笑）。これ常識。

永　（笑）困った話。

瀬戸内　困ったわね。医者が信用出来なくて、坊主《ぼうず》が信用出来ない（笑）。

永　あとは弁護士か（笑）。

瀬戸内　どうするの。ちゃんと死ねないわよ。

永　今とても乱暴な話をしていると思うんですね（笑）。いい医者にみとられて、いい坊主に引導渡されて、家族や仲間に囲まれて、いい人生だったなァと。

瀬戸内　甘い！（笑）

永　じゃ、明るい葬式の話。僕ね、自分の葬式に流す音楽を決めたんです。声明《しようみよう》からコーランからジャズ、黒人霊歌、クラシック、シャンソン……、とにかく「死ぬ」ということがテーマの曲がいっぱいあるじゃないですか。レクイエム、鎮魂曲。それを全部繋《つな》いであるんです。

瀬戸内　うわーぁ、凄《すご》い！　それ、早く聞かせて（笑）。

永　クラシックの鎮魂曲もあるし、もちろん声明は天台声明、真言声明全部あって、それをぜーんぶ繋いであるテープがあるんですよ。
瀬戸内　あらぁ。門外不出？
永　一度だけ、水の江瀧子《たきこ》さんの生前葬に使いました。いいですよ。突然、デキシーランドで、「聖者が街にやってくる」(笑)。
瀬戸内　そうか。お葬式の曲だものね。
そうだ、三波春夫さんのお経もいれて(笑)。
永　最後は「上を向いて歩こう」で帰っていただく(笑)。
瀬戸内　それいいですねぇ。それ、今売ったら売れると思うけど(笑)。ねぇ。皆喜んじゃって。だけど、誰が死んでもそれだったら面白くないからね。やっぱり永さんのお葬式という……。それは私は見られない、聞けないわ(笑)。
永　だけど、葬式っていうのは「ああ、いいお葬式だったね」というのが少ないんです。ただ暑かったり、寒かったり、並んだ記憶しかないとか、つまり、一番大切なその人を偲《しの》ぶ記憶が薄れてて。
瀬戸内　そうですよ。それと、あれはどうなんでしょうね。たくさん会葬したって、よく言いますけどもね、心から行ってるのは……。作家の場合なんて、ほんとに見知らぬ人たちがいっぱい来て、あれはわかるんだけれども、普通義理で行ってる人が多いでしょう？「行かなきゃしょうがない」って。あれはやめたほうがいいように思いますねぇ。

永　そうですね。特に著名人だと、テレビカメラがずっと待ってるというヤな状況があるでしょう？「今、何をお参りしたんですか」「何て言ってあげたんですか」って。あれに対応するだけでイヤで、僕は絶対に行かない。

瀬戸内　行かない？　ああ、いいですね。

私ももう、出家してからは「家で拝みますから」って言って、ほとんど出ないようにしてるんですよ。それでも遠藤周作さんなんかの場合には、やっぱり「行きたい」と思うからね。行って、お坊さん姿で教会で賛美歌うたってくるんですけどね（笑）。

永　それを景教というんです（笑）。

瀬戸内　そうか……。私は景教ですか。

永　今、僕の肩越しに今東光さんが見えませんか（笑）。

瀬戸内　今さんの話で始まって、今さんの話で終わるのね。

永　そうなりましたね。でも、瀬戸内さんのお話をこんなに伺えて嬉《うれ》しかった。
瀬戸内　しゃべり過ぎたのかしら。
永　そう思います（笑）。
瀬戸内　また、チャンスがあったら、生きてる間に（笑）。
永　あの世でも（笑）。それからお別れに際して、言います。
瀬戸内　なんでしょう。
永　瀬戸内さんは美しい！
瀬戸内　アッハッハハ……。

この対談は一九九七年当時に行われたもので、その後、事情が変化した部分があります。

あとがき

永六輔さんと、いつか対談して心ゆくまで話そうと思いながら、お互い忙しくてなかなか会えず果さなかった。

岩波書店がそのスケジュール調整をしてくれて、今度ようやくそれが実現した。三回、永さんと場所を移動しながら話し合った。

それを永さんが編集して、すっきりまとめて下さった。

ゲラになったものをはじめて読んで、私はところどころ吹き出していた。何となく珍妙なのである。そういう感じにしたのは永さんの編集力のせいだと思う。

一九九七年に話したので、その時点で私は満七十五歳だったが、今は数えで喜寿になり、満で七十六歳になっている。中に出てくる人の年齢は、一つ増して読んでいただきたい。

永さんも私も超忙しい人間である。自分で忙しくしているので、それは二人とも忙しいことが好きなせいだと思う。

忙しいとは心を失うと書く。この対談で二人が共に心を失っていると人に読まれたら、もう死んだ方がましだ。

二人に共通しているのは、閑《ひま》が嫌いなのと、放浪の星に生れついているという点であろう。

私は野たれ死にに今でも憧《あこが》れているが、永さんも私も、どうやら、旅先で息をひきとるのではあるまいか。

私は源氏物語の訳が出来上るまでは死ねないと思いつづけたが、今ではそれも完成したので、今夜死んでもいいという心境である。

去年死んでいたら、こんないやなニュースは知らないですんだという思いが度々する昨今だけれど、その一方で、去年死んでいたら、こんな嬉《うれ》しいこと、楽しいことも知らずに死んだのかと思うようなこともある。

人間の定命《じょうみょう》は自分で分らないところがいいので、だからこそ宗教が生れたのだろう。

私は出家して以来、三世の思想によりかかっているので、あの世はあると信じている。

だから、あの世で、永さんのすてきなお父上、永忠順《ちゅうじゅん》師にもお逢《あ》い出来ると信じている。順序でいけば、私、三波さん、永さんの順で、この世におさらばする筈《はず》である。

しかし、それは順序が狂うかもしれない。

誰がいつ逝《い》ってもかまわない。三人とも極楽より地獄が似合うし、またそれが好きな性分だと思う。

私はよく人から元気の秘訣《ひけつ》を教えてくれと言われて、面倒臭いので「元気という病気です」と答えてきたが、この対談を読んではたとわかった。

私の元気なのは、お喋《しゃべ》りだからなのだ。これだけ喋れば、お腹にも心にも何も貯《た》まっていない。何でも、ものを貯めるとろくなことはない。

ストレス解消は気の許せる人と心ゆくまで喋ることだと思う。

お喋り教というのがあってもいい気がしてきた。

ほんとうに偉い人は喋らずに聴く。

お釈迦《しゃか》さまも、亡《な》くなる八十歳まで諸国を行脚《あんぎゃ》なさり、人に法話をされつづけたが、話すより、人の悩みの訴えをお聴きになった時間の方がはるかに長かったであろう。

キリストもよくお説教をなさったらしいが、やはり、悩める人の話に耳を傾けられた時間の方が多かっただろう。

それでも聖者はよく旅をなさる。釈迦もキリストも孔子も放浪の星に生れているようだ。

永さんと私が唯一《ゆいいつ》自慢出来るのは、放浪の星の生れが聖者と同じだという点だけのようである。

でもいいじゃないですか、永さん。死ぬまで私たち、歩き廻り、喋りまくりましょう。

またどっかでひょっこり逢いたいですね。

瀬戸内寂聴

この作品は一九九八年九月岩波書店より刊行された。

人《じん》生《せい》万《ばん》歳《ざい》

新潮文庫　え-11-2

平成十六年一月一日発行

著者　永《えい》六《ろく》輔《すけ》
　　　瀬《せ》戸《と》内《うち》寂《じゃく》聴《ちょう》

発行者　佐藤隆信

発行所　株式会社　新潮社

郵便番号　一六二―八七一一
東京都新宿区矢来町七一
電話　編集部（〇三）三二六六―五四四〇
　　　読者係（〇三）三二六六―五一一一
http://www.shinchosha.co.jp

価格はカバーに表示してあります。

印刷・二光印刷株式会社　製本・加藤製本株式会社

ISBN4-10-100822-1 C0195